Goosebumps®

Goosebumps®

Goosebumps®
雞皮疙瘩 29

無頭鬼
The Headless Ghost

R.L. 史坦恩（R.L.STINE）◎著
孫梅君◎譯

致台灣讀者

讀者們，請小心……

我是R．L．史坦恩，歡迎到「雞皮疙瘩」的可怕世界裡來。

你是否曾在深夜裡聽到過奇怪的嚎叫？你是否曾在黑暗中聽到腳步聲——卻根本看不到人？你是否見過神祕可怖的陰影，幽幽暗處有眼睛在窺視著你，或者身後有聲音叫你的名字？

如果是這樣，你應該了解那種奇特的發麻的感覺——那種給你一身雞皮疙瘩、被嚇呆的感覺。

在這些書裡，幽靈在閣樓上竊竊低語；膽顫心驚的孩子忽而隱形；稻草人活了，在田野裡走來走去；木偶和布娃娃也有生命，到處嚇人。

當然，這些都是磨礪心志的好玩的嚇人事。我希望你們感到害怕，同時也希望你們大笑。這都是想像出來的故事。當然，最可怕的地方在你們自己心裡。

過個害怕的一天吧！

RL Stine

Goosebumps 雞皮疙瘩

出版緣起

人生從奇幻冒險開始

何飛鵬
城邦媒體集團首席執行長

我的八到十二歲是在《三劍客》、《基度山恩仇記》、《乞丐王子》中度過的。可是現在的小孩有更新奇的玩具、電玩、漫畫，以及迪士尼樂園等。

八到十二歲，正是孩子從字數極少、以圖畫為主的繪本閱讀，跨越到漸漸以文字閱讀為主的時期。也正是訓練孩子從圖像式思考，轉變成文字思考的重要階段。在這個階段，養成長期的文字閱讀習慣，能培養孩子敘事、分析、推理的邏輯思辨能力，奠定良好的寫作實力與數理學力基礎。

然而，現在的父母擔心，大環境造成了習於圖像、不擅思考、討厭文字的一代。什麼力量能讓孩子重回閱讀的懷抱呢？

全球銷售三億五千萬冊的「雞皮疙瘩」，正是為了滿足此一年齡層的孩子的需求而誕生的！

無論是校園怪奇傳說、墓地探險、鬼屋驚魂，或是與木乃伊、外星人、幽靈、吸血鬼、殭屍、怪物、精靈、傀儡相遇過招，這些孩子們的腦袋裡經常出現的角色或想像，經由作者的生花妙筆，營造出一個個讓孩子們縱橫馳騁的魔幻時空、光怪陸離的神奇異界，經歷各種危急險難，最終卻又能安全地化險為夷。這樣的冒險犯難，無論男孩女孩，無不拍案稱奇、心怡神醉！

本系列作品被譯為三十二種語言版本，並在全球數十個國家出版，創下了出版史上多項的輝煌紀錄，廣受世界各地孩子的喜愛。作者史坦恩表示，這套作品之所以成功，是因為多年的兒童雜誌編輯工作，讓他對兒童心理和兒童閱讀需求有了深刻理解——他知道什麼能逗兒童發笑，什麼能使他們戰慄。

我們誠摯地希望臺灣的孩子也能和世界上其他的孩子一樣，有更豐富多元的閱讀選擇。更希望藉由這套融合驚險恐怖與滑稽幽默於一爐，情節緊湊又緊張的「雞皮疙瘩系列叢書」，重拾八到十二歲孩子的閱讀興趣，從而建立他們的閱讀習慣，擁有一個快樂學習的童年。

現在，我們一起繫好安全帶，放膽體驗前所未有的驚異奇航吧！

Goosebumps 雞皮疙瘩

專文推薦

戰慄娛人的鬼故事

廖卓成
國立臺北教育大學語文與創作系兒童文學教授

這套書很適合愛看鬼故事的讀者。

文學的趣味不止一端，莞爾會心是趣味，熱鬧誇張是趣味，刺激驚悚也是趣味。有人擔心鬼故事助長迷信，其實古典小說中，也有志怪小說一類，《聊齋誌異》就有不少鬼故事。何況，這套書的作者開宗明義的說：「這都是想像出來的故事」，不必當眞。

既然恐怖電影可以看，看鬼故事似乎也無妨；考試的書讀久了，偶爾調劑一下，對頭腦卻是有益。當然，如果看鬼片會連續失眠，妨害日常生活，那就不宜勉強了。

雋永的文學作品，應該有深刻的內涵；但不少兒童文學作品說教有餘，趣味不足。只要有趣味，而且不是害人爲樂的惡趣，就是好的作品。鮑姆（Baum）在《綠野仙蹤》的序言裡，挑明了他寫書就是爲了娛樂讀者。

倒是內行的讀者，不妨考校一下自己的功力，留意這套書的敘事技巧，由主角「我」來講故事，有甚麼效果？書中衝突的設計與化解，是否意想不到又合情合理？能不能有不同的設計？會不會更好？這是另一種引人入勝之處。

導讀

結局只是另一場驚嚇的開始

耿一偉
臺北藝術節藝術總監
臺北藝術大學戲劇系兼任助理教授

不知道大家還記不記得，小時候玩遊戲，比如捉迷藏等，都會有一個人要當鬼。鬼在這個遊戲中很重要，沒有鬼來捉人，遊戲就不好玩。這些遊戲的關鍵特色，不是人要去消滅鬼，而是要去享受人被鬼追的刺激樂趣。所以當鬼捉到人後，不是遊戲就結束，而是下一個人要去當鬼。於是，當鬼反而是件苦差事，因爲捉人沒有樂趣，恨不得趕快找人來替代。所以遊戲不能沒有鬼，不然這個遊戲就不好玩了。

在史坦恩的「雞皮疙瘩系列」中，這些鬼所扮演的角色也是類似遊戲中的鬼，給我帶來閱讀與想像的刺激。各位讀者如果留意一下，會發現在他的小說中，都有一個類似的現象，就是結局往往不是一個對抗式的終局，一種善惡誓不兩立，以消滅魔鬼爲最終目標的故事——這比較是屬於成人恐怖片的模式，不是你死，就是人類全部變殭屍。但「雞皮疙瘩系列」中，你的雞皮疙瘩起來了，可是結尾的時候，鬼並不是死了，而是類似遊戲一樣，這些鬼換了另一種角色，而且有下一場遊戲又要繼續開始的感覺。

礙於閱讀的樂趣，我無法在此對故事結局說太多，但各位看完小說時，可以再回想我在這裡說的，就知道，「雞皮疙瘩系列」跟遊戲之間，的確有類似性。換另一個角度來看，這些主角大多爲青少年，他們在生活中碰到的問題，如搬家面對新環境、男生女生的尷尬期、霸凌、友誼等，都在故事過程一一碰觸。

「雞皮疙瘩系列」令人愛不釋手的原因，也在於表面上好像主角是鬼，但讀到一半，你會感覺到，故事的重點不知不覺地從這些鬼怪轉移到那些被追的青少年身上，鬼可不可怕不是重點，重點是被追的過程中，一些青少年生活中的苦悶，也被突顯放大，甚至在故事中被解決了。所以你會在某種程度感受到，這本書的內容是在講你，在講你的生活，在講你的世界，鬼的出現，只是把這些青春期的事件給激化了。

另一個有趣的現象，是從日常生活轉入魔幻世界的關鍵點，往往發生在父母不在身邊，然後主角闖入不熟識空間的時候——比如《魔血》是主角暫住到姑婆家、《吸血鬼的鬼氣》是闖入地下室的祕道、《我的新家是鬼屋》是新家的詭異房間……等等。

因爲誤闖這些空間，奇怪的靈異事件開始打斷平凡無趣的日常軌道，一段冒險展開了，一場你追我跑的遊戲開始進行，而父母們往往對此毫無所悉，不知道自己的兒女在故事結束時，已經有所變化，變得更負責任，更勇敢。

「雞皮疙瘩系列」的意義，也在這個地方。在平凡無奇充滿壓力的青春期校園生活中，有那麼多不快樂、有那麼多鬼怪現象在生活中困擾著我們，但這無法跟家長說，因爲他們不能理解，他們看不到我們看到的。但透過閱讀，透過想像力所引發的鬼捉人遊戲，這些不滿被發洩，這些被學校所壓抑的精力被釋放了。

幸好有這些鬼怪的陪伴，日子不再那麼無聊，世界可以靠自己的力量改變。

終究，在青少年的世界裡，鬼怪並不是那麼可怕，在史坦恩的小說中，也往往會有主角最後拯救了這些鬼怪的情形，彷彿他們不是惡鬼，而比較像誤闖人類世界的外星人……這也是青少年的焦慮，他們正準備降臨成人世界，這件事讓他們起了雞皮疙瘩！！

這句英文怎麼說

我們是在去年萬聖節起了這個念頭的。
We got the idea last Halloween.

1.

我和史蒂芬妮．亞伯特時常在附近社區裝神弄鬼。

我們是在去年萬聖節起了這個念頭的。

這附近住著許多孩子，我們喜歡假扮鬼怪嚇唬他們，把他們嚇得魂飛魄散。

有時候，我們會在深夜戴著面具溜出門，從孩子們的窗口窺視他們；有時我們會在他們的窗台上擺放橡皮手掌或手指，有時候我們還會在他們的信箱裡放些噁心的東西。

偶爾，史蒂芬妮和我會伏在灌木叢或樹叢後面，裝出最最可怕的叫聲——像是動物的號叫或是鬼怪的呼號。

史蒂芬妮能模仿恐怖的狼人嘯聲，而我則能仰天大喊，發出足以撼動樹葉的

尖聲怪叫。

附近街坊的每個孩子幾乎都被我們嚇壞了。

每天早晨，我們都瞧見他們偷偷從門縫往外瞄，看看外頭是不是安全。到了晚上，他們大都不敢獨自離開家門。

史蒂芬妮和我得意極了。在白天，我們只是史蒂芬妮‧亞伯特和杜恩‧柯麥克，是兩個普通的十二歲小孩。

但是到了夜晚，我們就成了惠勒弗斯的黑風雙煞！

沒有人知道我們的雙重身分，沒半個人知道。

乍見我們，你只知道我們是兩個惠勒中學的六年級生。

我們兩個都有著棕色的眼睛和棕色的頭髮，又高又瘦。史蒂芬妮比我高上幾吋，因爲她的頭髮比較蓬鬆。

有些人會以爲我們是姊弟，其實不是。我們都沒有兄弟姊妹，但是我們一點也不在意。

我們兩家隔著一條街對望，每天早上我們都一塊兒走路上學。雖然我們的父

這句英文怎麼說

她總會想出非常驚人的點子。
She comes up with something awesome.

母都老是替我們準備花生醬加果醬三明治，但我們通常會交換午餐。

我們很正常，再正常不過了。

除了我們深夜的祕密嗜好之外。

我們是怎麼樣成爲惠勒弗斯雙煞的呢？嗯，說來話長……

去年萬聖夜是個涼爽晴朗的夜晚，一輪滿月高掛在光禿禿的樹梢。

我穿著可怕的死神服裝，站在史蒂芬妮的窗外。我踮起腳尖，想要偷偷瞧瞧她的萬聖節裝扮。

「嘿——走開，杜恩！不許偷看！」她隔著緊閉的窗戶喊道，接著把窗簾拉了下來。

「我才沒有偷看。我只是在伸懶腰！」我喊了回去。

我急著想看看史蒂芬妮這回扮成什麼。每年萬聖節，她總會想出非常驚人的點子。前一年，她全身裹在一團由綠色衛生紙做成的大球中，搖搖擺擺的晃了出來。你猜她扮成了什麼？一顆萵苣菜！

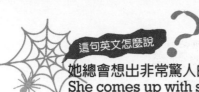

但是今年，我想我或許可以打敗她，我費了好大的工夫準備我的死神裝扮。

我穿了一雙很高的厚底鞋，踩上去就比史蒂芬妮還高了，連著頭罩的黑斗篷長得拖到地上。我用一頂很緊的橡皮頭套蓋住我棕色的卷髮，然後在臉上塗了一層噁心的油彩——就是發霉麵包的那種顏色。

我爸爸連看都不想看我一眼，他說我讓他覺得反胃。

這眞是太成功了！我迫不及待的要讓史蒂芬妮瞧瞧我的裝扮，讓她也吃驚反胃。我用死神的鐮刀敲著史蒂芬妮的窗戶。

「嘿，史蒂芬妮——快點！」我喊道：「我餓了，我要吃糖果！」

我左等右等，史蒂芬妮就是不出來。我開始在她家前院的草坪上踱來踱去，長長的斗篷在草皮和枯葉上掃來掃去。

「嘿！妳在哪兒呀？」我又喊了一聲。

史蒂芬妮還是不見人影。我不耐煩的咕噥一聲，轉身往屋子走去。

突然間，一隻毛茸茸的巨大怪獸從背後向我撲來，一口咬掉我的頭。

這句英文怎麼說

我爸爸連看都不想看我一眼。
My dad didn't want to look at me.

2.

嗯，牠並沒有眞的咬掉我的頭啦。但是牠作勢要咬。

那怪獸大聲咆哮，閃閃發亮的獠牙朝我的喉嚨咬來。

我搖搖晃晃的後退幾步。那怪獸看起來像頭巨大的黑貓，全身覆滿又粗又黑的剛毛。牠又長又尖的獠牙在黑暗中閃閃發光，生著長毛的耳朵和黑色的鼻孔，還滲出一團團黃色的黏液。

那怪獸又號叫了一聲，伸出一隻毛茸茸的爪子。

「糖果……把糖果全都交出來！」

「史蒂芬妮——？」我好不容易擠出這幾個字。那是史蒂芬妮，是不是？

那怪獸伸出爪子，朝我的肚子猛戳過來，算是回答。就在此時，我認出牠手

腕上戴著史蒂芬妮的米老鼠手錶。

「哇，史蒂芬妮，妳看起來好可怕喲！妳眞的……」我話還沒說完，史蒂芬妮就突然蹲伏到籬笆後面，同時猛拉我一把，把我拉到她身邊。

我的膝蓋重重的撞在人行道上。「噢！妳發神經呀？」我尖叫道：「妳搞什麼鬼呀？」

一群穿著萬聖節服裝的小孩結伴走過來，史蒂芬妮從籬笆後面跳了出來。

「哇呀！」她大聲吼叫。

那些孩子嚇得魂飛魄散，連忙轉身逃走，其中三個人把糖果袋都丟下了。史蒂芬妮一把撿起袋子，吼道：「嗯啊——！」

「嘩！妳眞的把他們給嚇壞了。」我看著那些孩子沿著街道落荒而逃，說道：「好酷哦！」

她大笑起來。她有種又尖又蠢的笑聲，像是雞被搔癢時所發出的聲音，總是惹得我也笑了起來。

「眞好玩，」她回答說：「比討糖果還好玩。」

這句英文怎麼說

你真的把他們給嚇壞了。
You really scared them.

於是我們接下來的整個晚上都在嚇唬別的孩子。

我們沒拿到多少糖果，但是我們玩得很開心。

「眞希望我們每天晚上都能這樣！」當我們走在回家的路上時，我說道。

「可以啊，」史蒂芬妮咧嘴笑著說：「不一定只有萬聖節才能嚇唬孩子，杜恩。你懂我的意思嗎？」

我懂她的意思。

她仰起長滿剛毛的頭，發出她那雞一般的笑聲。

我跟著笑了起來。

這就是史蒂芬妮和我開始在附近街坊裝神弄鬼的緣起。每到深夜，惠勒弗斯雙煞就會結伴出動，走遍各個角落騷擾左鄰右舍。我們可以說是無所不在！

嗯……幾乎是無所不在。

在我們附近有個地方，是連史蒂芬妮和我也會害怕的。

那是隔壁街區一棟古老的石造房子，叫做「希爾之家」。我猜它是因爲坐落在希爾街高高的小山丘上而得名的。

我知道，我知道，很多城鎮都有鬼屋。但是希爾之家眞的有鬼。

這一點，史蒂芬妮和我都非常確定。

因爲我們就是在那兒遇見無頭鬼的。

這句英文怎麼說

很多城鎮都有鬼屋。
A lot of towns have a haunted house.

希爾之家是惠勒弗斯最主要的觀光景點。事實上，它也是惠勒弗斯唯一的景點。

也許你曾聽說過希爾之家。很多書都提到過它。

每個小時，穿著陰森黑色制服的導遊都會帶領一次鬼屋導覽。這些導遊會唱作俱佳的講述關於這間屋子的恐怖故事。

其中有些故事真的會令我渾身發毛。

史蒂芬妮和我都很愛參加導覽——尤其是奧圖帶的團。奧圖是我們最喜歡的導遊。

奧圖塊頭很大，是個禿頭，長相很嚇人。他生著小小的黑眼睛，彷彿可以看

穿你似的。他有著低沉而宏亮的聲音，從他寬闊的胸腔深處發出來。

有時候，當奧圖帶領我們走過老屋一個又一個的房間時，他會放低聲音，變成耳語那麼小聲。他說話的聲音低到幾乎聽不見，然後他會突然瞪大他那雙小眼睛，指著某個地方尖聲說道：「鬼魂就在那兒！就在那兒！」

史蒂芬妮和我總會放聲尖叫。

奧圖就連微笑的時候也很恐怖。

史蒂芬妮和我參觀希爾之家好多遍了，多到我們自己大概都可以當導遊了。我們對那些陰森的老房間全都瞭若指掌；所有曾有鬼魂出現的地方我們都曉得。

真正的鬼魂！

我們就是喜歡這種地方。

你想不想知道希爾之家的故事？嗯，以下就是奧圖、艾達娜，以及其他的導遊講述的故事：

希爾之家已經有兩百年的歷史，而它幾乎是從開始動工的那一天就鬧鬼了。

這句英文怎麼說

我們就是喜歡這種地方。
It's the kind of place we love.

這棟大宅子是一位年輕的船長爲他的新婚妻子所建的，但是房子落成的那一天，船長卻被徵召出海。

他年輕的妻子獨自搬進大宅中。這棟屋子又寒冷又陰暗，房間和走廊似乎無窮無盡的延伸著。

日復一日，月復一月，她從臥室面對河口的窗戶向外眺望，耐心的等待船長歸來。

冬天過去了，然後是春天，接著是夏天。

但他始終沒有回來。

船長在海上失蹤了。

在船長失蹤的一年後，希爾之家的迴廊出現了一個鬼魂，正是那位年輕船長的鬼魂。他從冥府歸來了，回來尋找他的妻子。

每天夜裡，他都在曲折的長廊中來回飄盪，手上提著一盞燈籠，叫喚著愛妻的名字：「安娜貝兒！安娜貝兒！」

但是安娜貝兒從來不曾回應。

悲傷之餘，安娜貝兒逃離了這棟宅子，她再也不想看到它了。

另一家人搬進了希爾之家，一年一年過去，許多人都曾在夜裡聽見過鬼魂的呼喊：「安娜貝兒！安娜貝兒！」

聲音迴盪在曲折的長廊和冷寂的房間中。

「安娜貝兒！安娜貝兒！」

人們聽見那悲淒又恐怖的叫聲，但是從來沒有人親眼見過鬼魂。

後來，大約在一百年前，一戶姓克勞的人家買下了這棟宅子。這戶人家有個十三歲的男孩，名叫安德魯。

安德魯是個生性頑劣的小男孩，他最喜歡對僕人開些殘酷的玩笑，把他們嚇得雞飛狗跳。

有一次他還把一隻貓從窗戶扔到樓下，他很失望那隻貓居然沒有摔死。

就連安德魯的父母也無法忍受跟這個壞性情的小孩相處，於是他每天獨來獨往，在這棟大宅子裡探險，給自己找些麻煩。

一天，他發現了一間他從來沒有進去過的房間。他推開厚重的木門，那門吱

這句英文怎麼說

她再也不想看到它了。
She never wanted to see it again.

嘎響了一聲，然後他便踏進房間裡。

一張小桌上，有盞燈籠正發出黯淡的光芒。偌大的房間裡看不見其他的家具，桌子旁邊也沒有人。

「這可稀奇了，」他心想：「一間空房間裡，怎麼會有點燃的燈籠呢？」

安德魯朝燈籠走去，當他俯身要去調低燭芯時，鬼魂出現了。

船長的鬼魂！

經過這麼多年，船長的鬼魂已經變成了一個老邁恐怖的怪物。他生著長長的白色指甲，指甲卷曲成螺旋狀。碎裂的黑牙從腫脹乾枯的嘴唇中突了出來，一叢散亂的灰白鬍鬚遮住了他的臉孔。

男孩驚恐萬分，目瞪口呆。「你……你是誰？」他結結巴巴的說。

那鬼一言不發，飄浮在燈籠昏黃的燈光中，瞪視著安德魯。

「你是誰？你想做什麼？你爲什麼會在這裡？」安德魯不斷問道。

那鬼魂還是一聲不吭，安德魯轉過身來——想要逃跑。

但是他還沒能踏出兩步，就感覺到鬼魂冰冷的氣息吹在他的脖子上。

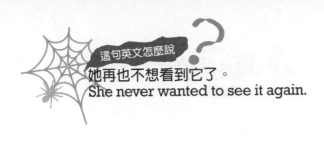

安德魯伸手去抓門把，但是那個老鬼魂開始繞著他打轉，像是一股黑煙般在昏黃的燈光中繞著他旋轉。

「不！停下來！」男孩尖叫道：「讓我走！」

鬼魂咧開大嘴，露出一個無底的黑洞。他終於開口說話了——是種低低的耳語，就像枯葉摩擦的聲音。「既然你看見了我，你就走不了了。」

「不！」男孩大聲尖叫：「讓我走！讓我走！」

鬼魂不理會男孩的呼喊，只是重複著他又乾又冷的話語：「既然你看見了我，你就走不了了。」

那老鬼魂把手伸到安德魯的頭上，冰冷的手指抓著他的臉孔，然後雙手不斷收緊、收緊。

你知道接下來發生了什麼事嗎？

這句英文怎麼說

你知道接下來發生了什麼事嗎？
Do you know what happened next?

4.

那鬼魂把安德魯的頭揪了下來——然後藏在屋子裡的某個地方。

在把男孩的頭藏了起來、藏在黑暗大宅子的深處之後，船長的鬼魂發出最後一聲號叫，連沉重的石牆都被撼動了。

那可怖的號叫，以兩聲呼喚告結：「安娜貝兒！安娜貝兒！」

之後那個老鬼魂就永遠消失了。

可是，希爾之家並沒有就此免除了鬼魂的騷擾。現在，那無窮無盡的曲折長廊中，有一個新的鬼魂出沒。

從那時候起，安德魯的鬼魂就盤踞著希爾之家。每天晚上，那個可憐男孩的鬼魂都會搜尋著長廊和房間，尋找他失落的頭顱。

據奧圖和其他的導遊們說，在整棟宅院裡，你都可以聽見那個無頭鬼的腳步聲，它不斷的搜索著、尋覓著。

現在，屋子裡的每個房間都有專屬於它的恐怖故事了。

這些故事是眞的嗎？

嗯，史蒂芬妮和我相信它們是眞的，這就是我們爲什麼會這麼常來的原因。

我們至少到這棟老房子裡探險過一百次了。

希爾之家眞是好玩極了。

至少，它曾經很好玩——直到史蒂芬妮又想出了一個好點子。

在史蒂芬妮想出這個好點子之後，希爾之家就不再好玩了。

希爾之家眞正變成了一個恐怖的地方。

這句英文怎麼說

希爾之家真是好玩極了。
Hill House is such awesome fun.

5.

麻煩是從前幾天開始的，史蒂芬妮突然感到無聊了。

那時大約是晚上十點鐘，我們正在鄰近街坊上裝神弄鬼。我們在吉娜·傑佛斯的窗外模仿恐怖的狼嚎，然後又到隔壁泰瑞·亞貝爾的家，把一些雞骨頭放進她的信箱——因爲伸手到信箱裡卻摸到骨頭時，會有種很噁心的感覺。

然後我們躡手躡腳溜到對街，來到班·傅勒的家門前。

班是我們那晚的最後一個目標。他是我們的同班同學，我們替他準備了特別的節目。

因爲他很害怕蟲子，要嚇唬他眞是太容易了。

雖然外頭很冷，他還是開著臥室的窗戶睡覺。所以我和史蒂芬妮喜歡溜到他

的窗戶旁邊，趁他睡覺時把橡皮蜘蛛扔在他臉上。

橡皮蜘蛛會讓他的臉發癢，然後他就會驚醒，開始放聲尖叫。

屢試不爽。

他總以爲那是眞的蜘蛛。他總會放聲尖叫，試圖翻身下床。但他總會被床單棉被纏住，砰的一聲跌到地上。

接著史蒂芬妮和我就會爲我們幹的好事彼此慶賀一番，然後我們便回家睡覺。

但是今晚，當我們把橡皮蜘蛛扔到班熟睡的臉上時，史蒂芬妮轉頭對著我，低聲說道：「我想到了一個好主意。」

「什麼？」我開口反問，但是班的尖叫聲打斷了我。

我們聽到他尖叫，然後砰的一聲摔到地上。

我和史蒂芬妮舉起手來互擊一掌後就快步離開，跑過黑暗的後院。我們的球鞋重重的踏在幾乎結凍的堅硬地面上。

我們在我家前院的橡樹前面停下了腳步。那棵橡樹的樹幹已經完全裂成了兩

這句英文怎麼說

惠勒弗斯最恐怖的地方是哪裡？
What's the scariest place in Wheeler Falls?

半，但是爸爸始終捨不得把它砍掉。

「妳想到了什麼好主意？」我氣喘吁吁的問史蒂芬妮。

她深色的眼睛閃閃發光。「我在想，每次我們在附近嚇人，老是嚇唬那幾個孩子，真是越來越無趣了。」

我並不覺得無趣，但是我知道，一旦史蒂芬妮想到什麼點子，想要叫她作罷是不可能的。「那妳是想要找些新的孩子來嚇唬嗎？」我問道。

「不，不是要找新的孩子，而是要找別的玩意兒。」她開始繞著橡樹走來走去。「我們需要新的挑戰。」

「像是什麼？」我問道。

「我們這樣嚇唬人，全都只是小孩子的把戲，」她抱怨說：「我們裝出一些恐怖的聲音，從窗口扔些東西進去，這就把每個人都嚇個半死。這太容易了。」

「是沒錯，」我同意。「但是這很好玩呀。」

她沒理會我，逕自把頭伸進橡樹樹幹的裂縫中。「杜恩，我問你，惠勒弗斯最恐怖的地方是哪裡？」

這個問題很簡單。「當然是希爾之家。」我回答。

「沒錯。那兒爲什麼會這麼嚇人呢？」

「那些鬼故事呀。尤其是那個無頭男孩尋找頭顱的故事。」

「沒錯！」史蒂芬妮大喊。現在她全身上下只露出一顆頭，從橡樹的裂縫間探了出來。「那個無頭鬼！」她用一種低沉的聲音喊道，同時發出一長串駭人的笑聲。

「妳在搞什麼鬼呀？」我質問道：「妳現在是想嚇唬我嗎？」

她的頭像是飄浮在黑暗中似的。「我們要夜探希爾之家。」她用耳語般的聲音說道。

這句英文怎麼說

你現在是想嚇唬我嗎？
Are you trying to haunt me now?

6.

「妳說什麼？」我喊道：「史蒂芬妮，妳在胡說些什麼？」

「我們去參觀希爾之家，然後在導覽中途悄悄溜走。」她一邊沉思、一邊回答。

我搖搖頭。「拜託，我們幹嘛要這樣？」

史蒂芬妮的頭飄浮在樹幹之間，似乎正閃閃發光。「我們悄悄溜開——去找那個鬼魂的頭。」

我瞪視著她。「妳在開玩笑吧，是不是？」

我走到樹後面，把她拉開。這個飄浮的頭的把戲開始讓我發毛了。

「不，杜恩，我不是在開玩笑。」她把我推開，回答道：「我們需要挑戰，我們需要一些新玩意兒。在這附近街坊裝神弄鬼，嚇唬我們認識的每一個人——

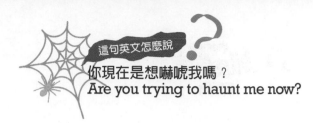

那只是小孩子的把戲。無聊死了！」

「但是，妳並不相信那個無頭鬼的故事吧，是不是？」我提出異議：「那只是個鬼故事。我們可能找了半天，結果根本就沒有那顆失蹤的頭。那只不過是爲了唬弄觀光客而編造出來的故事。」

史蒂芬妮瞇起眼睛瞪著我。「我想你一定是害怕了，杜恩。」

「什麼？我害怕？」我的聲音突然變得很尖銳。

一片雲遮住了月亮，使得我家前院更加黑暗了。一股寒氣滑過我的脊背，我把夾克拉緊了些。

「我才不害怕脫隊夜探希爾之家呢，」我對史蒂芬妮說：「我只是覺得那是在浪費時間。」

「你在發抖，杜恩。」她取笑我說：「害怕得發抖。」

「我才沒有！」我大喊：「走吧，我們到希爾之家去。現在就去。我會讓妳看看我到底害不害怕。」

史蒂芬妮臉上閃過一抹笑容。她把頭往後一甩，發出一聲長長的號叫。一聲

這句英文怎麼說

一股寒氣滑過我的脊背。
A chill ran down my back.

勝利的號叫。「這會是我們惠勒弗斯雙煞所做過最酷的事了。」她喊道，舉起手來跟我互擊一掌，把我的手心都打痛了。

她拖著我爬上希爾街。一路上我一句話也沒說，我是在害怕嗎？

也許有一點。

我們爬上那片雜草叢生的陡峭山坡，站在希爾之家的台階前面。這棟老房子在夜裡看起來更巨大了。三層樓高的屋子，有塔樓、陽臺，還有好幾十扇窗戶，全都門戶緊閉，一片漆黑。

這附近所有的房屋都是磚造或木造的，只有希爾之家是由石板建成的——暗灰色的石板。

每當我走近希爾之家，我總得屏住呼吸。石板上覆蓋著一層厚厚的青苔。兩百年的青苔。那種腐朽發霉的青苔味兒，聞起來並不像花園般清香怡人。

我抬頭往上望。我看見延伸到紫色的天空中的圓形塔樓。塔樓頂端蹲伏著一個石刻怪獸像，正衝著我們獰笑，好像在向我們挑釁，要我們趕緊進屋似的。

我的膝蓋突然發軟。

整棟房子都矗立在黑暗中，只有前門門口點著一支蠟燭。但是導覽活動仍在進行著，最後一趟參觀行程會在每晚十點半出發。導遊們說，越晚的參觀行程越棒——越容易撞見鬼魂。

我讀著蝕刻在大門旁邊的石板上的告示。「進入希爾之家，你的人生將會改變。永遠地改變。」

我已經讀過這段標示一百遍了，每次讀它總是覺得很好笑——覺得眞是陳腔濫調，有夠老土。

但是今晚它卻讓我心裡發毛。

今晚將會和以往大不相同。

「走吧！」史蒂芬妮拉著我的手，說道：「我們剛好趕上下一梯次。」

蠟燭搖曳了幾下，厚重的木門開了。它是自動打開的。我不知道是怎麼回事，但是每次都是這樣。

「欸，你到底要不要進來呀？」史蒂芬妮踏進黑暗的通道，不耐煩的問我。

「來了。」我吸了一口氣，說道。

這句英文怎麼說

我已經讀過這段標示一百遍了。
I'd read that sign a hundred times.

7.

我們一進門就看到了奧圖。奧圖總是讓我聯想起身軀龐大的海豚。他有顆又大又光滑的禿頭，就連他的體型也很像海豚。他一定有一百三十公斤重！

奧圖像往常一樣，穿著一身黑。黑襯衫、黑長褲、黑襪子、黑鞋子，還有手套——你猜對了，也是黑的。所有的導遊都穿這樣的制服。

「瞧瞧是誰來了！」他喊道：「史蒂芬妮和杜恩！」他咧開大嘴笑了起來，小眼睛在燭光下閃著亮光。

「我們最愛的導遊！」史蒂芬妮跟他打招呼。「我們趕得上下一個梯次的導覽嗎？」

我們沒有買票就推開旋轉門走進去。我們太常來希爾之家了，他們甚至不再

跟我們收費了。

「大概再五分鐘，小傢伙。」奧圖對我們說：「你們兩個今天這麼晚還在外頭呀？」

「是呀……嗯，」史蒂芬妮吞吞吐吐的說：「晚上參觀比較有趣嘛，是不是，杜恩？」她頂了頂我的肋骨。

「就是說啊。」我咕噥著說。

我們跟其他人一起進入了前廳，等待參觀行程開始。參觀人群中大多數都是青少年，出來約會的。

這座前廳比我家客廳和飯廳加起來還要大，除了中央的迴旋樓梯之外，廳裡完全是空蕩蕩的，一件家具也沒有。

人影在地板上晃來晃去，我在廳裡四下張望。沒有電燈，只有小小的火把懸掛在斑駁的牆壁上。橘紅色的火把閃爍不定而且彎垂著。

在搖曳的火光中，我數著身邊的人群。一共有九個人，只有史蒂芬妮和我是小孩。

這句英文怎麼說

你們兩個今天這麼晚還在外頭呀？
You two are out late tonight, huh?

奧圖點燃一盞燈籠，走到大廳前面。他把燈籠高高舉起，清了清喉嚨。

史蒂芬妮和我相視而笑。奧圖總是用同樣的方式展開他的導覽，他覺得燈籠可以增加氣氛。

「各位女士、各位先生，」他用低低的聲音說道：「歡迎來到希爾之家。希望你們今晚都能平安離開這間屋子。」接著他發出一陣低沉、邪惡的笑聲。

史蒂芬妮和我無聲的跟著奧圖唸出他接下來的台詞。

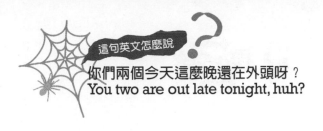

「一七九五年，一位富有的船長，威廉．P．貝爾，在惠勒弗斯最高的山丘上爲自己建造了一個家。那是當時這裡所興建的最好的房子——三層樓高，有九座壁爐，還有三十多個房間。」

「貝爾船長不惜鉅資建造這棟房子。爲什麼？因爲他希望退休之後，跟他年輕美麗的妻子在這棟豪華的房子裡頤養天年。可惜天不從人願。」

奧圖發出咯咯兩聲，我跟史蒂芬妮也模仿著他。我們熟知奧圖的每一個動作。

奧圖繼續往下說：「在一場可怕的船難中，貝爾船長在海上喪生——他還沒機會在他的漂亮房子裡居住。他年輕的新娘，安娜貝兒，在震驚和傷心之餘，離棄了這棟宅子。」

現在奧圖的聲音沉了下去。「但是在安娜貝兒離開後不久，希爾之家就開始發生怪事了。」

每回說到這兒，奧圖就會開始朝迴旋樓梯走去。這座古老的木造樓梯狹窄而老朽，當奧圖開始登上樓梯時，階梯就會嘰嘎作響，好像被踩痛了似的。

我們保持沉默，跟著奧圖走上樓梯來到二樓。史蒂芬妮和我最愛這個部分，因為奧圖整段路上都一聲不吭，只是在黑暗中默默走著，而其他人則努力跟上他的腳步。

當他來到貝爾船長的臥室時，他又再度開口了。那是個裝飾著木製鑲板的大房間，裡頭有個壁爐，還能看見河景。

「在貝爾船長的遺孀離開後不久，」奧圖說道：「惠勒弗斯的居民就開始看見奇怪的東西。有人看見一個很像貝爾船長的男人，他總是出現在這兒，站在臥室窗邊，手裡高高舉著燈籠。」

這句英文怎麼說

每個人都全神貫注的看著他。
He had everyone’s complete attention.

奧圖走到窗戶旁邊，舉起手中的燈籠。「在沒有風的夜晚，如果你仔細聆聽，有時會聽見他用一種低沉憂傷的聲音呼喊著愛妻的名字。」

奧圖深深吸了一口氣，然後輕聲喊道：「安娜貝兒。安娜貝兒。安娜貝兒……」

奧圖前後搖晃著燈籠，製造恐怖的效果。現在，每個人都全神貫注的看著他。

「不過，當然，故事並沒有到此爲止……」他耳語似的說道。

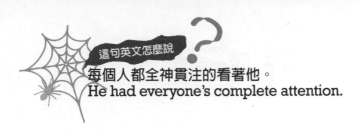

8.

當我們跟隨奧圖參觀樓上的房間時，他告訴我們貝爾船長是如何在這屋子裡作祟了大約一百年。「搬進希爾之家的人想盡辦法要趕走船長的鬼魂，但他就是打定主意不肯走。」

接著奧圖對大家說到那個發現鬼魂的男孩，還有他的頭被拔掉的故事。「船長的鬼魂消失了，那個無頭男孩繼續在這屋子裡作祟，但是故事還沒有結束。」

現在我們走進了那條黑暗的長廊，周圍牆上的火炬搖晃著、閃動著。「悲劇始終纏繞著希爾之家，」奧圖接著說道：「在小安德魯·克勞死後不久，他十二歲的妹妹漢娜也發瘋了。接下來，讓我們到漢娜的房間瞧瞧。」

他帶領我們走下長廊，來到漢娜的房間。

這句英文怎麼說

我們全都靜靜的望著他。
We all watched him in silence.

史蒂芬妮最愛漢娜的房間了。漢娜喜歡收集搪瓷娃娃，她擁有好幾百個搪瓷娃娃。所有的娃娃都同樣有著金色的長髮、繪成玫瑰色的臉頰，還有泛著藍色的眼瞼。

「在她哥哥遇害之後，漢娜就發瘋了，」奧圖壓低聲音對大家說：「整整八十年間，她整天都坐在屋角的那張搖椅上，玩著她的洋娃娃。她從來沒離開過房間，一步也沒有。」

他指著一張破舊的搖椅說道：「漢娜就死在那張椅子上，她成了一個老婦人，只有無數的洋娃娃陪在她身邊。」

奧圖走過房間，腳下的地板吱嘎作響。他把燈籠放下，龐大的身軀坐在搖椅上，搖椅發出爆裂似的聲響。

我總覺得奧圖會把椅子給坐垮了！他開始搖了起來，慢慢的。每搖一下，椅子都嘎拉一聲。我們全都靜靜的望著他。

「有人發誓說可憐的漢娜仍在這兒，」他輕聲說道：「他們說看見一個小女孩坐在這張搖椅上，梳著娃娃的頭髮。」

他慢慢的搖著，讓這故事滲入每個人心裡。「接著，我們來說說漢娜母親的故事。」

奧圖哼了一聲，從椅子上站起身來。他提起燈籠，走到長廊尾端，爬上又長又黑暗的樓梯。

「在她兒子發生悲劇後不久，這位母親自己也遭遇到可怕的命運。有一天晚上，當她正要走下這道樓梯時，不慎失足滑落，當場摔死在這兒。」

奧圖朝下凝視著樓梯，悲傷的搖了搖頭。

他每次都會這麼做。正如我剛才說過的，史蒂芬妮和我熟知他的每一個動作。

但是我們今晚到這兒來，並不是要看奧圖表演的。我知道史蒂芬妮遲早要展開行動，所以我開始左顧右盼，尋找開溜的好時機。

就是在那個時候，我看見了這個奇怪的男孩。他正盯著我們瞧。

我們剛進來的時候並沒有看見他。事實上我很確定，當導覽開始的時候，他並不在隊伍中。我數了九個人，並沒有其他的孩子。

這句英文怎麼說

史蒂芬妮和我熟知他的每一個動作。
Stephanie and I know his every move.

那個男孩年紀跟我們差不多，留著卷曲的金髮，皮膚很蒼白——非常蒼白。他穿著黑色的牛仔褲，還有黑色的高領上衣，這使得他的臉色看起來更蒼白了。

我往史蒂芬妮靠過去，她走在人群的後面，跟人群保持著一段距離。

「你準備好了嗎？」她低聲問道。

奧圖開始回頭走下樓梯。如果我們想要脫隊開溜，現在正是時候。

但是我看見那個男孩仍然凝視著我們。緊緊的盯著我們。

他讓我渾身發毛。

「我們不能溜走，有人正在看我們。」我對史蒂芬妮耳語。

「誰？」

「那邊那個古怪的男孩。」我用眼睛往他瞄了瞄。

他仍然緊盯著我們，甚至當我們發現他正在看我們時，他也不曾禮貌的移開目光。

他為什麼要這樣看我們？他到底有什麼問題？

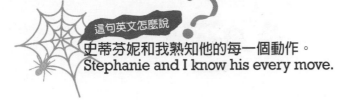

直覺告訴我，我們應該等待。直覺告訴我，現在還不是開溜的時候。

但是史蒂芬妮並不這麼想。「別理他，」她說：「他只是個閒雜人。」她抓住我的手臂，拉扯著我。「我們走吧！」

我們緊貼著走廊冰冷的牆壁，看著其他人跟隨奧圖走下樓梯。

我屏住呼吸，直到我聽見最後的腳步聲離開了樓梯。

現在只剩我們獨自留在這個黑暗的長廊中了。

我轉向史蒂芬妮。我幾乎看不清她的臉孔。

「現在要做什麼？」我問道。

這句英文怎麼說

她已經快步走下長廊了。
She was already hurrying down the hall.

9.

「現在我們要自己探險啦！」她摩擦著雙手，說道：「好刺激喲！」

我沿著長長的走廊望過去。我並不覺得興奮刺激。我覺得有些害怕。

我聽見長廊那頭的一間房間裡似乎傳來低低的呻吟，我們頭頂上的天花板也發出嘰嘰嘎嘎的聲音。

而我們剛剛離開的那間房間中，窗戶正被風吹得咯咯作響。

「史蒂芬妮——妳確定要……？」我正要開口問她。

但是她已經快步走下長廊了，她踮起腳尖走著，以免地板發出聲響。

「快來，杜恩。我們去找那鬼魂的頭！」她回頭朝我低聲說道，深色的頭髮在腦後飄搖。「誰知道呢？也許我們真能找著呢！」

「是呀，當然。」我翻翻白眼。

我不認爲我們有多大的機會。你怎麼能找到一個一百年前的頭？就算找著了，又怎麼樣？

好噁！

它會是什麼樣子？只剩一顆骷髏頭？

我跟著史蒂芬妮走下長廊，但是我眞的很不想去。我喜歡在附近街坊裝神弄鬼，嚇唬別的孩子。

我可不喜歡嚇唬自己！

史蒂芬妮領著路，來到一間我們曾在別次導覽時進去過的臥房。這間臥房叫做「綠屋」，因爲屋裡的壁紙上繪滿了綠色的藤蔓。一叢又一叢的藤蔓，爬滿了四面牆壁，就連天花板上也全部都是。

怎麼有人能在這裡睡覺？我不禁納悶。感覺好像身陷濃密的叢林裡。

我們兩個人進門之後，不約而同的停下腳步，看著四面八方糾結叢生的藤蔓。史蒂芬妮和我給「綠屋」另外取了一個名字，叫做「搔癢屋」。

這句英文怎麼說

他們搞不清楚它是什麼。
They couldn't figure out what it was.

奧圖告訴我們，這間屋子在六十年前曾經發生過可怕的事。兩位訪客在這間屋子裡過夜，結果醒來之後，全身長滿了噁心的紫色疹子。

疹子最先長在手掌和手臂上，然後蔓延到臉部，接著又蔓延到全身。

那些疹子變成大大的紫色膿瘡，癢得不得了。

世界各地的名醫都被請來診治這種怪病。他們搞不清楚它是什麼，也沒人知道該怎麼醫治它。

這疹子是綠屋裡的某種東西造成的。

但是從來沒人知道那是什麼。

這是奧圖和其他導遊告訴我們的故事。它也許是真的。奧圖告訴我們的那些奇怪可怕的故事可能全都是真的，誰知道呢？

「來吧，杜恩！」史蒂芬妮催促著。「我們快來找那顆頭。過不了多久，奧圖就會發現我們不見了。」

她快步跑到屋子的另一頭，往床底下鑽去。

「史蒂芬妮——拜託！」我喊道。我小心翼翼的走到屋角一個木製矮櫃旁邊。

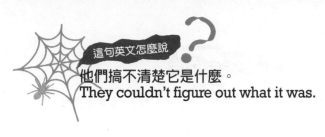

「鬼魂的頭不會在這裡的，我們走吧。」我懇求道。

她聽不見我說話，她已經爬到床底下去了。

「史蒂芬妮——？」

幾秒鐘後，她鑽了出來，轉身對著我。我看見她滿臉紅通通的。

她深褐色的眼睛瞪得老大，嘴巴驚恐的大張著，雙手抓住臉頰的兩側。

「杜恩！」她喊道：「我……我……」

「怎麼了？怎麼回事？」我喊道，跌跌撞撞的向她奔去。

「噢，好癢！癢死我了！」她哀叫著。

我想要叫喊，但是我的聲音卡在喉嚨裡。

她開始摩擦自己的臉，狂亂的摩擦著兩頰、額頭，還有下巴。

「哇——！好癢！真的好癢！」她開始用雙手搔著頭皮。

我抓著她的手臂，想要把她從地板上拉起來。「疹子！我們趕緊回家！」我喊道：「快點！妳爸媽會幫妳請醫生的！我們……我們……」

當我看見她在笑時，我停了下來。

這句英文怎麼說

我反推她一把。
I shoved her back.

我甩開她的手臂，往後退了幾步。

她站了起來，理了理頭髮。「杜恩，你這笨蛋，」她嘀咕著說：「今晚每個愚蠢的玩笑你都要上當嗎？」

「才不！」我生氣的回答：「我只是以爲……」

她推了我一把。「你太容易被唬了。你怎麼連這麼愚蠢的把戲都會上當？」

我反推她一把。「那就別再玩愚蠢的把戲，好嗎？」我氣沖沖的說：「我是說眞的，史蒂芬妮。我不覺得這很有趣，我眞的不覺得。我不會再上妳愚蠢把戲的當了，所以妳最好試都別試。」

她並沒有在聽我說話，她正越過我的肩膀看著後方，目瞪口呆的凝視著什麼東西。

「噢，我……我眞不敢相信！」她結結巴巴的說：「它在那兒！那個頭在那兒！」

10.

我又上當了。

我就是沒有辦法。

我尖聲叫了出來。

我急急的轉過身，險些失衡跌倒。我順著史蒂芬妮的指尖，瞇起眼睛往她手指的方向看去。

她指著一團灰撲撲的灰塵。

「笨蛋！遜斃了！」她在我背上拍了一下，開始咯咯笑了起來。

我低低怒吼一聲，捏緊了我的拳頭。但是我並沒有說話，我可以感覺到自己的臉熱得發燙，我知道我臉紅了。

這句英文怎麼說

他所有的東西都還擺在這裡。
It still had all his old stuff in it.

「你太容易受騙了，杜恩。」史蒂芬妮再度嘲笑我。「承認吧！」

「我們回去加入參觀團吧。」我咕噥著說。

「才不要，杜恩。這太好玩了，我們再到下一個房間探探。來吧！」

當她看見我並沒有跟上去時，她說：「我不會再這樣嚇唬你了，我保證。」

我看見她偷偷把手指交叉成十字，表示她並不打算遵守諾言，但我還是跟她走了。

我還能有什麼選擇呢？

我們悄悄走過通往下一個房間的狹窄走廊，來到了安德魯的房間。可憐的、失去頭顱的安德魯。

他所有的東西都還擺在這裡，一百年前的玩具和遊戲用品，還有一輛木製的老式腳踏車靠在牆邊。

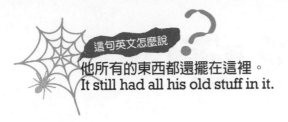

一切東西都原封不動，保持著安德魯遇見船長鬼魂之前的樣子。

衣櫥上的一盞燈籠在牆壁上投射出藍色的陰影。我不確定我是不是相信這個鬼故事，但是直覺告訴我，假如安德魯的頭果真在某個地方，我們一定會在這兒找到它。在他的房間裡。

在他老式的、裝有頂篷的床鋪底下，或是藏在他塵封褪色的玩具之間。

史蒂芬妮躡手躡腳的走向那些玩具，她彎下腰來，開始動手把它們移開。幾個小小的木製保齡球瓶，一個老式的硬紙板遊戲，上頭的顏色都褪成褐色了。還有一組金屬製的玩具兵。

「在床鋪附近找找，杜恩。」她低聲說道。

我往房間那頭走去。「史蒂芬妮，我們不應該動他的東西。妳知道，那些導遊從來不讓我們碰任何東西。」

史蒂芬妮放下一個老舊的木製陀螺。「你到底想不想找到那顆頭呀？」

「妳眞的認爲這間屋子裡藏著一個鬼魂的頭嗎？」

「杜恩，我們來這兒就是要找出答案呀，對不對？」

我嘆了一口氣，往床邊走去。我看得出來，今晚要跟史蒂芬妮爭辯是沒有用的。

我把頭探進紫色的床篷底下，仔細看著這張床。眞的有個男孩睡過這張床，

這句英文怎麼說

枕頭套裡並沒有藏著東西。
Nothing hidden inside the pillow cases.

我對自己說。

安德魯真的曾在這條被子底下睡過。一百年前。

這個想法讓我發毛。

我試著想像，一個年紀跟我差不多的男孩，睡在這張沉重的老床上。

「快點，在床鋪四周找找。」史蒂芬妮從房間那頭發號施令。

我俯下身來，輕輕拍了拍那灰褐相間的拼布被。它摸起來冷冷的，很平滑。

我搥了搥枕頭，軟軟的，裡頭都是羽毛。枕頭套裡並沒有藏著東西。

當我正要檢查床墊時，我發現被子突然動了起來。

被子摩擦著床單，發出微弱的沙沙聲。

然後，在我驚恐的注視下，那灰褐相間的被子開始往床尾滑去。

沒有人在床上，絕對沒有！

但是卻有人正把被子往下拉，往床腳拉去。

11.

我強忍著沒喊出聲來。

「你動作得快一點了，杜恩。」史蒂芬妮說道。

我轉過頭來，看見她站在床尾，雙手抓著被子底邊。

「我們可沒一整晚可以窮蘑菇，」她又把被子往下拉了拉，說道：「床這裡沒有東西。走吧，我們到別的地方去。」

我吁了一口氣。是她在拉被子，又把我嚇個半死。

床裡頭沒鬼。沒有鬼在拉扯被子、要從床上爬出來抓我。

那不過是史蒂芬妮。至少這一次她沒看見我有多害怕。

我們一起動手把被子鋪回原位，她對我笑了笑。「這眞好玩。」她說。

這句英文怎麼說

我吁了一口氣。
A sigh escaped my lips.

「是呀。」我附和著。我希望她沒發現我還在發抖。「這比把橡皮蜘蛛丟進班・傅勒的臥室窗口要好玩多了。」

「我喜歡深更半夜待在鬼屋裡，我喜歡脫隊探險。我感覺得到鬼魂就潛伏在附近。」她低聲說道。

「妳……妳感覺得到？」我結結巴巴的問，快速的環顧四周。

我的眼光在通往走廊的房門底下停住了。

它就在那兒，擱在地板上，卡在房門跟牆壁之間，一半隱藏在黑暗的陰影裡。

那顆頭。這一次，我看見那顆頭了。

不是開玩笑，也不是惡作劇。

透過灰黑色的陰影，我看見了那顆圓圓的骷髏頭，我還看見上頭兩個黑色的眼眶。空洞的眼眶，骷髏頭上的兩個黑洞。

它們朝上瞪視著我，瞪著我。

我抓住史蒂芬妮的手臂，我正要伸手指去。

但是不需要了，史蒂芬妮也看見了。

12.

我是頭一個移動腳步的人。我朝門口踏出一步，接著又踏出第二步。

我聽見沉重的喘氣聲。有人在我背後用力的喘著氣，緊靠著我背後。

我過了幾秒鐘才意識到那是史蒂芬妮。

我的雙眼緊盯著那顆頭，慢慢走向那個黑暗的角落。當我彎下腰來，伸出雙手要去拿起那顆頭時，我的心臟開始怦怦亂跳。

那漆黑的眼洞朝上瞪著我。圓圓的、悲傷的眼洞。

我的手在顫抖。

我伸手要把它拿起來。

但它從我的手中滑脫，開始往外滾去。

這句英文怎麼說

我是頭一個移動腳步的人。
I was the first to move.

當那顆頭朝著史蒂芬妮的方向滾過去時，她不禁叫出聲來。在燈籠散發出的橘黃色光線下，我看見史蒂芬妮臉上驚恐的表情。我看見她整個人僵在那兒。

那顆頭沿著地板滾過去，碰到她的球鞋，在她腳前幾吋的地方停了下來。那空洞的黑色眼眶朝上瞪視著她。

「杜恩——」她用雙手捂著臉頰，眼睛死盯著地下那顆頭，喊道：「我沒想到……我沒想到我們眞能找到它。我……我……」

我快步走了過去。現在是我表現英勇的時候了。現在輪到我讓史蒂芬妮瞧瞧，我並不是一個看見什麼黑影都會害怕的膽小鬼。輪到我讓史蒂芬妮刮目相看了。

我用雙手拾起那顆鬼頭，在史蒂芬妮面前舉了起來，然後朝著櫃子頂上的那盞燈籠走去。

那顆頭摸起來很硬，比我想像的要光滑。

那眼洞好深好深。

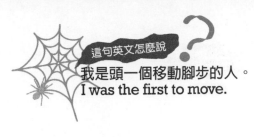

史蒂芬妮緊緊靠在我身邊，我們兩個一起朝那橘黃色的燈光走過去。

當我明白原來我拿著的並不是鬼魂的頭時，我不禁呻吟了一聲。

當史蒂芬妮看清楚我手上拿著的是什麼東西時，她也喊出聲來。

13.

那是顆保齡球。

我拿著一顆舊式的木製保齡球，那褪色的木頭有些地方已經裂開剝落了。

「我眞不敢相信。」史蒂芬妮拍著額頭，喃喃說道。

我的目光移到安德魯的舊玩具堆中那些木製的保齡球瓶上。「這一定是跟那些球瓶成套的保齡球。」我輕聲說道。

史蒂芬妮把它從我手上抓了過去，用兩隻手轉動著。「但是上頭只有兩個洞。」

我點點頭，說道：「沒錯。古早的時候，保齡球上只有兩個洞。有一次我跟我爸爸一起去打保齡球的時候，他跟我說過。爸爸說他想不通他們要把大拇指擺

這句英文怎麼說

上頭只有兩個洞。

It only has two holes.

在哪兒。」

史蒂芬妮把手指插進那兩個洞裡——那兩個「眼洞」。她搖搖頭，我看得出來她眞的很失望。

我們可以聽見奧圖的聲音從樓下某個地方隆隆的傳來。

史蒂芬妮嘆了一口氣：「也許我們應該下去，加入參觀的人群。」她一邊把球滾回玩具堆裡，一邊提議道。

「才不要！」我喊道。

我喜歡換換口味，扮演勇敢的角色。在我領先的時候，我可不想叫停。

「時候不早了，」史蒂芬妮說：「而且我們待在樓上是不會找到鬼魂的頭的。」

「那是因爲這些房間我們都進去過一百遍了，」我對她說：「我想我們應該去找找那些以前從來沒去過的房間。」

她的臉皺成一團，用力思索著：「杜恩，你的意思是——？」

「我是說，那顆鬼頭也許是藏在導覽團不會進去的房間，或許是在樓上。妳

這句英文怎麼說

在我領先的時候，我可不想叫停。
I didn't want to quit while I was ahead.

知道，也許在頂樓。」

她的眼睛張得大大的。「你想要溜到頂樓去？」

我點點頭。「爲什麼不？也許那兒就是所有鬼魂居住的地方，對不對？」

她仔細打量著我，雙眼搜索著我的眼睛。我知道，她因爲我大膽的點子而感到訝異。

當然，我並不眞的自覺勇氣十足，我只是想要讓她刮目相看，我只是想偶爾換換口味，扮演英勇的角色。

我暗自希望她說不。我希望她說：「我們回樓下去吧，杜恩。」

但是，相反的，一抹興奮的笑容浮現在她臉上，她說：「好，我們就這麼做！」

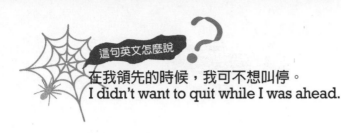

14.

於是我被困在英勇的角色裡了。

這下我們兩個都得英勇向前了。惠勒弗斯雙煞沿著那道吱嘎作響的黑暗樓梯，爬上漆黑的三樓。

樓梯旁邊有個牌子寫著：訪客止步。

我們走過告示牌，開始爬上那道狹窄的樓梯。兩個人肩並著肩。

我再也聽不見奧圖的聲音了。現在我只能聽見樓梯在我球鞋底下咯嘎作響的聲音，還有我心臟規律的怦怦聲。

當我們爬到樓梯頂上時，空氣變得又熱又潮濕。我瞇著眼睛往黑暗的長廊望去，沒有燈籠，也沒有燭光。

這句英文怎麼說

我瞇著眼睛往黑暗的長廊望去。
I squinted down a long, dark hallway.

唯一的光源來自長廊尾端的那扇窗戶，黯淡的光線從窗外射進來，使得每樣東西都籠罩在一種詭異幽暗的藍光中。

「我們從第一個房間開始吧！」史蒂芬妮低聲提議，一邊把她深色的頭髮從臉上撥開。

樓上好悶熱，汗水從我的額頭上滴了下來。我用夾克袖子拭去汗珠，跟著史蒂芬妮走向右手邊的第一個房間。

那沉重的木門半開著，我們從門縫溜了進去。蒼白的藍光從積滿灰塵的窗戶中流瀉而入。

我等著眼睛適應光線，然後我瞇著眼睛，環顧這個大房間。

一片空蕩。空無一物。沒有家具，沒有人或動物的蹤跡。

也沒有鬼魂。

「史蒂芬妮——妳看。」我指著對面牆壁上的一道窄門。「我們去看看。」

我們躡手躡腳的走過沒鋪地毯的地板，透過那扇佈滿灰塵的窗戶，我瞧見一輪滿月正高高掛在光禿禿的樹梢。

那道門通往另一個房間，那房間比較小，而且還更溫暖。

一台蒸氣暖爐在一道牆上噹啷作響，兩張老式長沙發面對面的擺在房間中央，此外就沒有別的家具了。

「我們繼續前進。」史蒂芬妮低聲說。

又有一道窄門通往另一個黑暗的房間。「這層樓的房間全都是相通的。」我喃喃的說。我打了個噴嚏，接著又打了一個。

「噓——安靜，杜恩。」史蒂芬妮責備我。「鬼魂會聽見的。」

「我控制不了啊，」我抗議道：「這兒灰塵太多了。」

我們來到一間像是縫紉室的房間。一台老式的縫紉機擺在窗前的桌子上。我腳邊的一個厚紙箱裡，還堆著滿滿的黑色紗線球。

我彎下腰來，快速的在那堆線球裡翻找。沒有頭藏在裡面。

我們走進下一個房間後，這才發現裡頭一片漆黑。窗上的遮板拉下了一部分，只有一小方塊灰色的光線從窗外透進來。

「我……我什麼也看不見，」史蒂芬妮說道。我感覺她的手抓住我的手臂。

這句英文怎麼說

這層樓的房間全都是相通的。
The rooms up here are all connected.

「太黑了，我們出去吧，杜恩。」

我正要開口回答，但是「砰」的一聲大響讓我一口氣堵在喉嚨裡。

史蒂芬妮的手緊緊捏著我。「杜恩，那個聲音是你發出來的嗎？」

又是砰的一聲，這次聲音更靠近了。

「不，不是我……我……」我結結巴巴的說。

地板又發出砰的一聲。

「這兒還有別人。」史蒂芬妮低聲說道。

我深深吸了一口氣。

「是誰？」我喊道：「是誰在那兒？」

15.

「是誰在那兒？」我啞著聲音喊道。

史蒂芬妮把我的手臂捏得好痛，但是我並沒有試圖掙脫她。

我聽見輕輕的腳步聲，鬼魅般的腳步聲。

一股寒氣讓我的後頸僵硬起來，我緊緊咬住下顎，好讓牙齒不至於格格打顫。接著，幾隻黃色的眼睛穿過濃重的黑暗向我們飄過來。

四隻黃色的眼睛。

那怪物生著四隻眼睛！

我的喉嚨發出咯咯的聲音，我無法呼吸、無法移動。

我朝前方直直望去，側耳傾聽著。

這句英文怎麼說

一股寒氣讓我的後頸僵硬起來。
A cold chill froze the back of my neck.

凝視著。

那眼睛成雙成對的飄了開來，兩隻眼睛飄向左邊，另外兩隻飄向右邊。

「不——！」當我看見更多的眼睛時，不禁叫出聲來。

潛伏在屋角的黃色眼睛，躲在牆邊的邪惡眼睛，閃閃發光的盯著我們。

地板上全都是黃色的眼睛。

我們四面八方全都是黃色的眼睛。

貓樣的黃色眼睛靜靜的瞪著我和史蒂芬妮。我們兩個人縮成一團，站在房間中央。

貓樣的眼睛。

貓的眼睛。

因為這間屋子裡全都是貓。

一聲尖銳的喵喵聲洩漏了牠們的身分，窗台上傳來一聲長長的貓叫，讓史蒂芬妮和我大大鬆了一口氣。

一隻貓摩擦著我的腿，我嚇了一跳，跳到一邊，撞在史蒂芬妮身上。

她把我撞了回來。

更多的貓喵喵叫了起來，又有一隻貓摩擦著我的牛仔褲腿。

「我……我猜這些貓咪很寂寞，」史蒂芬妮結結巴巴的說。「你想會有人到這兒來嗎？」

「我怎麼知道，」我沒好氣的說。「這麼多黃色的眼睛到處飄來飄去，我還以爲……我還以爲……嗯……我不知道我以爲那是什麼！總之眞是叫人發毛。我們趕快離開這兒吧。」

眞是破天荒，史蒂芬妮這次沒有跟我爭辯。

她帶頭往房間後面的那道門走去，貓咪在我們四周叫個不停。

又有一隻跑來摩擦我的腿。

史蒂芬妮被一隻貓絆倒。在黑暗中，我看見她跌了一跤，砰的一聲，膝蓋重重的撞上地板。

那些貓開始尖叫起來。

「妳沒事吧？」我喊道，快步過去拉她起來。

這句英文怎麼說

也許那些房間是給工作人員住的。
Maybe these rooms are used by the workers.

那些貓咪叫得好響，我都聽不見她的回答了。

我們快步跑向門邊，把門拉開，逃了出去。

我把身後的房門關上。現在安靜了。「這是哪兒？」我低聲問道。

「我……我不知道。」史蒂芬妮緊靠著牆壁，結結巴巴的說。

我走到一扇又高又窄的窗戶前面，透過沾滿灰塵的玻璃往外望去。窗外是一個小小的陽臺，從灰色的木瓦屋頂延伸出去。

蒼白黯淡的月光從那扇窗戶流瀉進來。

我回到史蒂芬妮身邊。「我們是在某種後廊上，」我猜測道。那狹窄的長廊似乎無窮無盡的延伸著。「也許那些房間是給工作人員住的。妳知道的，守門人曼尼、清潔工人，還有那些導遊。」

史蒂芬妮嘆了一口氣。她凝視著那道長長的走廊，說道：「我們下樓去找奧圖吧，我想我們今晚已經探險夠了。」

我同意。「走廊盡頭一定有樓梯，我們走吧。」

走了大約四、五步，然後我就感覺到那幽靈般的手掌。

它們撫摩著我的臉、我的脖子、我的身體。

黏黏的、乾乾的、看不見的手掌。

那些手掌緊黏著我的皮膚，把我往後推去。

「噢——救命呀！」史蒂芬妮呻吟著說。

那幽靈的手也抓住她了。

這句英文怎麼說

我揮打著我的臉，還有頭髮。
I swiped at my face. My hair.

16.

那幽靈像絲一般柔滑的手撫摸著我，我可以感覺到那輕柔的手指——像空氣般又乾又輕——在我的皮膚上收緊。

史蒂芬妮的雙手狂亂的揮舞著。她站在我身邊，在黑暗的走廊中，試圖掙脫開來。

「好像……好像一張網！」她哽咽著說。

我揮打著我的臉，還有頭髮。

我轉過身來，但是那乾枯的手指仍然緊貼著我，越收越緊，越收越緊。

然後我意識到，我們並不是走進幽靈的手掌中。

當我用雙手拚命撕扯時，我突然發現，原來我們是走進一團蜘蛛網裡了。

一團厚厚的蜘蛛網。

黏黏的蜘蛛絲構成的簾幕，就像魚網般包裹住我們。我們越是掙扎，它就收得越緊。

「史蒂芬妮——這是蜘蛛網！」我喊道，一邊從臉上扯下厚厚的一團蜘蛛絲。

「這當然是蜘蛛網！」她扭動著、拍打著，一邊回過頭來。「不然你以爲是什麼？」

「嗯……我以爲是幽靈。」我咕噥著說。

史蒂芬妮竊笑了一聲。「杜恩，我知道你的想像力很豐富，但是如果你開始到哪兒都以爲自己撞鬼了，那我們永遠沒辦法離開這個地方。」

「我……我……我……」我不知道該說什麼。

史蒂芬妮其實跟我想的一樣。她以爲她被幽靈抓住了。但是現在她卻假裝她早就知道那是蜘蛛網。

我們站在黑暗中，忙著把臉上、手上還有身上的蜘蛛絲扯下來。我憤怒的呻吟一聲，我沒辦法把這玩意從頭髮上弄下來！

這句英文怎麼說

她以為她被幽靈抓住了。
She thought she'd been grabbed by a ghost.

「我會永遠癢個不停了啦！」我哀叫道。

「我還有個壞消息要告訴你。」史蒂芬妮喃喃的說。

我把厚厚的一團蜘蛛絲從耳朵上扯下來。「什麼？」

「你想這些蜘蛛網是怎麼來的？」

我想都不用想。「蜘蛛編的？」

我的手臂和腿開始刺痛，背部也開始發癢。我的後頸也感覺到一股輕微的刺痛。難道那些蜘蛛正在我身上爬上爬下？成千上百隻蜘蛛？

我把蜘蛛網完全拋到腦後，開始拔腿狂奔。史蒂芬妮跟我想的一樣。我們倆跑過長長的走廊，一路抓著、拍著自己的身體。

「史蒂芬妮——下次妳千萬別再想到什麼好主意！」我警告她。

「我們趕緊離開這兒吧！」她咕噥著說。

我們跑到了走廊的盡頭，一邊跑，還一邊搔著癢。

沒有樓梯。

我們怎麼樣才能回到樓下？

另一條走道曲曲折折的通往左方，入口處有支低矮的蠟燭燭光搖曳閃爍著，黑暗的陰影像是潛行的動物般在破舊的地毯上晃動。

「走吧！」我拉了拉史蒂芬妮的手臂。我們沒有別的選擇，只能沿著這條走廊往下走。

我們肩並肩小跑著，兩旁的房間一片漆黑寂靜。

當我們跑過燭台時，燭火向下沉了沉。我們長長的影子映在前方，好像急著要趕緊下樓似的。

當我聽見有人在笑時，我停下了腳步。

「哇！」史蒂芬妮低聲嘟噥，用力的喘著氣。她深褐色的眼睛睜得大大的。

我們兩個人都側耳傾聽。

我聽見走廊尾端的那間房間傳來人聲。

房門是關著的，我沒辦法聽清楚字句。我聽見一個男人說了些什麼，然後一個女人笑了起來，其他人也笑了起來。

「我們趕上參觀的人群了。」我低聲說道。

這句英文怎麼說

門是關著的。
The door was closed.

史蒂芬妮的臉皺成一團。「但是參觀團從來不會上三樓來呀。」她提出質疑。

我們走近房門，再次聆聽著。

房門另一邊傳來更多的笑聲，許多人正開心的談笑著，七嘴八舌的同時說話，聽起來像在開派對。

我把耳朵貼在房門上。「我想大概是導覽結束了，大家正在閒聊。」我低聲說道。

史蒂芬妮搔著後頸，把一團蜘蛛絲從頭髮上扯下來。「嗯，快點，杜恩。把門打開，我們加入他們吧。」她催促我。

「希望奧圖不會問我們上哪兒去了。」我回答。

我握住門把，把門推開。

史蒂芬妮和我往房裡踏了一步。

眼前的景象令我們同時倒抽了一口氣。

17.

房間裡一片空蕩。

空曠、安靜，而且黑暗。

「這是怎麼回事？人都到哪兒去了？」史蒂芬妮喊道。

我們又朝黑暗的房間踏進一步，腳下的地板吱嘎作響。這是唯一的聲音。

「我搞不懂，」史蒂芬妮低聲說道：「我們剛才不是聽見裡頭有聲音嗎？」

「很多聲音，」我說道：「他們在聊天說笑，聽起來眞的很像在開派對。」

「還是個盛大的派對，」史蒂芬妮補充說，她的眼睛掃視著空蕩蕩的房間。「好多好多人。」

一股冷流竄下我的後頸，我低聲說：「我想我們聽見的並不是人聲。」

這句英文怎麼說

他們在聊天說笑。
They were laughing and talking.

史蒂芬妮轉身朝著我。「什麼？」

「他們不是人，」我的聲音很嘶啞。「是鬼。」

她的嘴巴張得老大。「當我們把門打開時，他們全都消失了？」

我點點頭。「我……我想我仍然能感覺到他們在這兒，我可以感覺到他們的存在。」

她發出一聲驚恐的尖叫。「感覺到他們的存在？你的意思是？」

就在此時，一陣冷風捲過房間，朝我襲來。風又冷又乾，吹得我從頭涼到腳。

史蒂芬妮一定也感覺到了。她用手臂緊緊抱著胸口。「哎呀！你感覺到那股冷風了嗎？窗戶是開著的嗎？這兒怎麼突然變得這麼冷？」她問道。

她又顫抖了幾下，她的聲音變得很微弱。「這兒並不只有我們兩個人，是不是？」

「我想沒錯，」我耳語道：「我想我們闖進別人的派對了。」

史蒂芬妮和我站在那兒，感覺著房間裡的寒氣。我不敢移動，也許有個鬼魂就站在我身邊，也許我們剛才聽見的鬼魂正圍繞在四周，瞪視著我們，正準備朝我們撲來。

「史蒂芬妮，」我低聲說道：「要是我們真的打擾了他們的派對，那怎麼辦？要是我們闖進了鬼魂的大本營，那怎麼辦？」

史蒂芬妮用力嚥了一口口水。她沒有回答。

那個變成鬼魂的男孩安德魯，不就是因爲闖進了鬼魂的住處，這才丟了他的頭嗎？我們現在是不是就站在同樣的地方呢？這裡會不會就是安德魯碰上老船長鬼魂的那個房間？

「史蒂芬妮，我想我們應該離開這兒，」我輕聲說道：「現在。」

我想要拔腿就跑，我想要飛奔下樓，逃出希爾之家，逃回我溫暖、安全、沒有鬼魂的家。

沒有鬼魂。

我們轉過身，往門口衝去。

那些鬼魂會追來嗎？

他們沒有追來。我們回到了閃著橘色燭光的走廊，我把房門在身後關上。

這句英文怎麼說

我們轉過身，往門口衝去。
We spun around and bolted for the door.

「樓梯，樓梯在哪兒？」史蒂芬妮喊道。

我們站在走廊的盡頭，面對著一堵堅實的牆壁。壁紙上的花朵看起來像是在開開闔闔，在閃爍的燭光中搖曳著。

我雙手握拳用力搥著牆壁。「我們要怎麼樣才能下去？怎麼辦？」

史蒂芬妮已經拉開了走廊對面的一扇房門，我跟著她走了進去。

「噢，不！」房間裡滿是鬼魅般的影子。我花了幾秒鐘才意識到，我眼前是一堆覆蓋著床單的家具。覆蓋著白布的椅子和沙發。

「也、也許這是鬼魂的客廳。」我結結巴巴的說。

史蒂芬妮沒聽見我說話。她已經衝向對面牆上一道開著的門了。

我跟著她進入另一個房間，房裡堆滿了很大的木箱，幾乎堆到了天花板上。

接下來是另一個房間。然後又是一個房間。

我的心臟開始怦怦亂跳，喉嚨也開始發痛。

我覺得好氣餒。我們究竟能不能找到通往樓梯的路呢？

又是另一道門。另一間黑暗空蕩的房間。

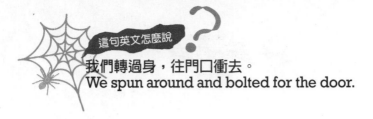

「嘿，史蒂芬妮——」我低聲說：「我想我們是在兜圈子。」

我們來到一條曲折的長廊。

更多的蠟燭。

更多在壁紙上隱隱搖曳的花朵。

我們肩並著肩跑下那條長廊，直到來到一扇先前不曾見過的門前。門上釘著一塊馬蹄鐵。

也許這意味著我們的運氣就要好轉。我衷心希望如此！

我用顫抖的手握住門把，拉開那扇門。

是一道樓梯！

「好耶！」我喊道。

「終於！」史蒂芬妮喘著氣說。

「這一定是給僕人用的樓梯，」我猜測說：「也許我們剛剛一直是在僕人住的區域打轉。」

樓梯旁邊一片黑暗，看起來非常的陡。我扶著牆壁，踏下一級樓梯，接著又

這句英文怎麼說

我想我們是在兜圈子。
I think we’re going in circles.

跨下一級。

史蒂芬妮一隻手扶著我的肩膀，每當我走下一級樓梯，她也跟著踏下一步。

再一步。又一步。

我們的球鞋所發出的輕響，迴盪在深深的樓梯井中。

當我們大約走了十步的時候，我們聽見了腳步聲。

有人正沿著樓梯走上來。

18.

史蒂芬妮重重的撞在我身上。我雙手揮出，抓著牆壁，以免從樓梯滾落下去。來不及回頭逃跑了。腳步聲越來越響、越來越沉重。手電筒射出的光線掃過史蒂芬妮，然後又掃過我。

我瞇著眼睛閃躲強光，看見一個黑暗的人影朝我們爬上來。「原來你們在這兒呀！」

他的聲音隆隆的響著，在樓梯井裡迴盪。

一個熟悉的聲音。

「奧圖！」史蒂芬妮和我同時喊了出來。

他快步跑上樓梯，來到我們面前，用手電筒照著史蒂芬妮的臉，再照著我的

這句英文怎麼說

腳步聲越來越響。
The footsteps grew louder.

臉。「你們兩個在樓上做什麼？」他上氣不接下氣的說。

「呃……我們迷路了。」我很快的回答。

「我們跟人群走散了，」史蒂芬妮又說：「我們到處找你們。」

「是呀，我們找了半天，」我附和：「我們到處都找遍了，但就是找不著你們。」

奧圖放下手電筒，我可以看見他瞇著那雙小眼睛盯著我們。我想他並不相信我們的說詞。

「我還以爲你們兩個對我導覽的路線滾瓜爛熟了呢。」他撫摸著下巴說道。

「是呀，」史蒂芬妮堅稱：「我們只是轉錯了彎，然後就迷路了。我們……」

「但是你們怎麼會爬上頂樓呢？」奧圖質問。

「嗯……」我正要開口，但是我想不出好理由。我回頭看看站在我上一級台階的史蒂芬妮。

「我們聽見上頭有聲音，我們以爲是你。」她對奧圖說。

這並不全然是謊話，我們的確聽見聲音了。

奧圖把手電筒的光束往下移到樓梯上。「好吧，我們下樓去吧。這層樓是不准人來的，這裡是不開放的。」

「對不起。」我和史蒂芬妮喃喃的說。

「小心腳下，小朋友。」奧圖提醒我們：「後面這道樓梯非常陡，而且很不穩固。我帶你們回參觀團。我來找你們的時候，是艾達娜代我的班。」

艾達娜是我們第二喜歡的導遊，她是個白頭髮的老婦人，膚色非常蒼白，看起來很虛弱，尤其是穿著那套黑色制服的時候。

但是她很會說故事。用她那蒼老顫抖的聲音，她眞的能讓你相信她所說的每一個恐怖故事。

史蒂芬妮和我跟著奧圖，迫不及待的走下樓梯。他的手電筒在我們前方掃著，帶領我們來到二樓。我們走過一條長長的走廊，一條我們非常熟悉的走廊。

我們在約瑟夫．克勞的書房門前停了下來。約瑟夫是安德魯的父親，我往房裡瞄去，看見壁爐裡正燃燒著明亮的火光。

艾達娜站在壁爐旁邊，正對參觀的人講述約瑟夫．克勞的悲慘故事。

這句英文怎麼說

小心腳下，小朋友。
Watch your step, kids.

這個淒慘的故事，史蒂芬妮和我已經聽過一百遍了。

在安德魯的頭被拔掉之後一年，有個冬天的晚上，約瑟夫很晚才回到家。他脫下大衣，走到壁爐旁邊取暖。

沒有人知道約瑟夫是怎麼著火的。至少，奧圖、艾達娜和其他導遊是這麼說的。是有人把他推進壁爐裡？還是他自己跌進去的？

沒有人知道究竟是怎麼回事。

但是第二天早晨，當女傭進入書房時，她看見一幕可怕的景象。

她看見兩隻燒成焦炭的手抓著壁爐台。

兩隻焦黑的手，緊緊抓著大理石壁爐台。

這就是約瑟夫．克勞全身僅存的部分了。

真是個噁心的故事，是不是？

我每次聽到這個故事，總會打個冷顫。

當奧圖帶領我們走向書房時，艾達娜正要說到最噁心的地方，也就是結尾的部分。

「你們要加入大家嗎？」奧圖低聲說。

「時間很晚了，我想我們最好趕緊回家。」史蒂芬妮對他說。

我立刻同意。「謝謝你救了我們，我們下次再來。」

「晚安。」奧圖說著關掉手電筒。「你們曉得怎麼出去吧。」他說完便匆匆進書房去了。

我正要離開，但是當我再次看見那個男孩時，我停下了腳步。就是那個穿著黑色牛仔褲和黑色高領上衣、一頭金色卷髮的蒼白男孩。

他站在靠近門口的地方，離其他人遠遠的。他又盯著我和史蒂芬妮。他緊盯著我們，臉上有種冷淡的表情。

「走吧！」我抓住史蒂芬妮的手臂，低聲說道。我拉著她離開書房門口。

我們很快找到通往一樓的樓梯，幾秒鐘後，我們推開大門，走出門外。當我們往山下走去時，一陣冷風迎面吹來，幾縷烏雲像蛇一般飄著，遮蔽住月亮。

「呀，眞好玩！」史蒂芬妮喊道，一邊把夾克的拉鍊直拉到脖子上。

「好玩？」我並不確定。「我覺得有點恐怖。」

這句英文怎麼說

我不想跟她爭辯。
I didn't feel like arguing with her.

史蒂芬妮對我咧嘴而笑。「但是我們並不害怕啊，對不對？」

我打了個冷顫。「是啊。」

「我下次還想再去，再多探險一會兒，」她說道：「你曉得的。也許回到那間有很多聲音的房間，找到一些真正的鬼魂。」

「是呀，很棒。」我表示同意。我不想跟她爭辯，我覺得很累。

她從外套口袋裡拉出一條羊毛圍巾，當她把圍巾披上脖子時，圍巾的一頭被一叢低矮的松樹給勾住了。

「嘿——！」她喊了出來。

我走到樹叢旁邊，正要動手幫她把圍巾解開。

就在這個時候，我聽見了那個聲音。那只是低低的耳語，從樹叢那頭傳過來。

但是我聽得很清楚。

這就是我所聽到的。

「你們找到我的頭了嗎？」

「你們找到我的頭了嗎？你們幫我找到它了嗎？」

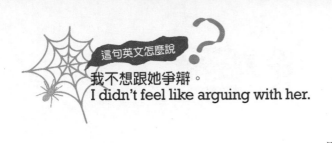

19.

我驚駭得倒抽了一口氣，盯著樹叢。「史蒂芬妮……妳聽見了嗎？」我啞著聲音說。

沒有回應。

「史蒂芬妮？史蒂芬妮？」

我回過身來，看見她正盯著我，訝異的張大嘴巴。

「妳聽見那低語聲了嗎？」我又問了一次。

然後我意識到她並不是盯著我，而是盯著我後面。

我轉過身——看見那個奇怪的金髮男孩站在樹叢旁邊。「嘿——是你在跟我們講話嗎？」我嚴厲的質問他。

他瞇起那雙淺灰色的眼睛看著我。「什麼？我？」

「沒錯，你，」我氣沖沖的說：「你是想要嚇唬我們嗎？」

他搖搖頭。「沒這回事。」

「你沒有從樹叢後面對我們說話嗎？」我再問一次。

「我才剛到這兒。」那男孩堅稱。

我對自己說，不到一分鐘之前，我們才剛在約瑟夫．克勞的書房裡見到過他，他怎麼會這麼快就到這兒來了？

「你爲什麼跟著我們？」史蒂芬妮質問道，一邊把圍巾塞在大衣領子周圍。

那男孩聳聳肩。

「你爲什麼盯著我們瞧？」我跨前一步，靠近史蒂芬妮，問道。

一陣風呼嘯吹過山頂，那排松樹在強風中搖動，像在發抖似的。稀薄的烏雲仍然蜿蜒的掩著蒼白的月亮。

那男孩沒穿外套，只穿了件黑色套頭上衣和牛仔褲。他長長的卷髮在風中飄動著。

「我們看見你盯著我們瞧，」史蒂芬妮又問一遍。「怎麼回事？」

他再次聳聳肩，那雙奇特的灰眼睛始終盯著地面。「我看見你們溜走，」他說道：「我在想……你們是不是看見了什麼有趣的東西。」

「我們迷路了，」我朝史蒂芬妮瞥了一眼，說道：「我們沒看見什麼。」

「你叫什麼名字？」史蒂芬妮問道。

「賽斯。」他回答。

我們告訴他我們的名字。

「你住在惠勒弗斯鎮上嗎？」史蒂芬妮問。

男孩搖搖頭，眼睛仍然盯著自己的鞋子。「不，我只是來作客的。」

他爲什麼不肯直視我們的眼睛？只是因爲害羞嗎？

「你眞的沒有從樹叢後面對我們說些什麼嗎？」我又問了一次。

他搖搖頭。「沒有。也許有人在跟你們開玩笑。」

「也許吧。」我說著走到樹叢旁邊，朝它踢了一腳。我不知道我在預期些什麼。

但是什麼也沒發生。

這句英文怎麼說

他眼睛仍然盯著自己的鞋子。
He kept his eyes down at his shoes.

「你和史蒂芬妮剛才自己跑去探險嗎？」賽斯問道。

「是呀，稍稍探險了一下，」我坦承道：「我們對鬼魂很有興趣。」

當我這麼說的時候，他的頭猛的揚了起來。他抬起灰色的眼睛，緊緊盯著我和史蒂芬妮。

先前他臉上一直是一片漠然。沒有生氣，完全沒有表情。

但是現在我看得出來，他真的很興奮。

「你們想不想看看真的鬼魂？」他緊緊盯著我們，問道：「想不想？」

20.

他緊緊盯著我們，像是在向我們挑戰似的。「你們兩個，想不想看看眞正的鬼魂？」

「當然想。」史蒂芬妮回應他的凝視，回答道。

「你這話是什麼意思，賽斯？」我質問他：「你見過眞的鬼嗎？」

他點點頭。「沒錯，在那裡面。」他頭一撇、指著那棟巨大的石屋。

「什麼？」我喊道：「你在希爾之家看過眞正的鬼？什麼時候？」

「杜恩和我參觀過希爾之家一百次了，」史蒂芬妮對他說：「但是我們從來沒在裡頭見到過半個鬼。」

他吃吃笑了起來。「你們當然不會看見。你們以爲鬼魂會在參觀團在裡頭的

這句英文怎麼說

最後一梯次的導覽結束了。
The last tour had ended.

時候出來嗎？他們會等到屋子關閉了、遊客全都回家了才會出來。」

「你怎麼知道？」我問道。

「我溜進去過，」賽斯回答。「某天深夜的時候。」

「你說什麼？」我喊道：「你是怎麼溜進去的？」

「我發現後頭有一道門沒有上鎖。我猜每個人都忘了它的存在。」賽斯解釋道：「我在屋子關閉後偷溜進去，然後我……」

他突然停了下來，眼睛看著屋子。

我轉過頭來，看見前門打開了。人們走出大門，紛紛拉緊外套。最後一梯次的導覽結束了，人們要回家了。

「到那兒去！」賽斯低聲說。

我們跟著他繞到松樹叢後面，伏低了身子。參觀的人群經過我們，他們都在談笑著，聊著那間鬼屋和剛才聽到的鬼故事。

等他們走下山丘後，我們又站起身來。賽斯把他長長的頭髮從額頭上撥開，但是馬上又被風吹了回去。

「我在深夜溜了進去，那時屋裡已經是漆黑一片。」他又說了一遍。

「你爸媽那麼晚還讓你出來啊？」我問道。

一抹奇異的微笑掠過他的雙唇。「他們不知道我溜出門了。」他輕聲說道，那抹微笑漸漸消失。「你們的父母會讓你們出來嗎？」

史蒂芬妮笑了起來。「我們的爸媽也不知道。」

「很好。」賽斯回答。

「你眞的見到鬼了嗎？」我問。

他點點頭，又把頭髮往後撥。「我悄悄溜過曼尼身邊，就是那個守夜人。他睡得很熟，不停的打鼾。我溜進屋子前廳，站在那道大樓梯底下——然後我聽見了笑聲。」

我吸了一大口氣。「笑聲？」

「是從樓梯頂上傳來的。我退到牆邊，便看見了那個鬼。是個年紀很大的老婦人，穿著長長的連身裙，還戴著黑色帽子。她的臉上罩著一層厚厚的黑色面紗，但是我仍然能透過面紗看見她的眼睛，因爲她的眼睛紅光閃閃——像火一樣！」

這句英文怎麼說

屋子矗立在全然的黑暗中。
The house stood in total darkness.

「哇！」史蒂芬妮喊了出來：「她做了什麼？」

賽斯轉身向著屋子，前門已經關上了，門上的燈籠也被吹熄。屋子矗立在全然的黑暗中。

「那個老女鬼沿著樓梯扶手滑了下來，」他說道：「她把頭往後仰，一路尖叫著溜了下來。當她往下溜的時候，灼熱的紅眼睛留下了一道明亮的痕跡，就像彗星的尾巴一樣。」

「你不害怕嗎？」我問賽斯：「你沒有試著逃跑嗎？」

「來不及了，」他回答：「她沿著扶手滑下來，直直的朝我衝過來。她的兩眼燃燒著，像發狂的野獸般一路尖叫。我緊緊靠在牆上，一動也不能動。當她溜到樓梯底下時，我以爲她要伸手抓我，但是她卻消失了。消失在黑暗中，只留下一片模糊的紅色光影在空氣中飄盪——她眼睛的光芒。」

「哇！」史蒂芬妮喊道。

「太可怕了！」我同意。

「我想再溜進去一次，」賽斯望著那棟鬼屋，說道：「我敢打賭，那裡頭一定有更多鬼魂。我真的很想看看他們。」

「我也要！」史蒂芬妮熱切的喊道。

賽斯對她微笑了一下。「那麼妳要跟我一起來囉？明天晚上？我不想一個人溜進去，要是妳也一起來，一定會更好玩的。」

夜風刺骨的捲吹著，烏雲飄過天空，遮住了月亮，也擋住了月光。那棟老屋立在山丘頂上，似乎顯得更加黑暗了。

「那妳明天要跟我一起來嗎？」賽斯又問了一次。

「是呀，好棒喲！」史蒂芬妮對他說：「我等不及了。你呢，杜恩？」史蒂芬妮轉身對著我。「你也會一起來，對不對，杜恩？你也會來吧？」

這句英文怎麼說

大部分的人家已經熄燈了。
Most of the house lights were out.

21.

我說我也會來。

我說我等不及要看看眞正的鬼了。

我說我並不是因爲害怕才發抖的，而是因爲那陣冷風。

我們約定明天午夜在希爾之家後面會合，然後賽斯便匆匆離去，史蒂芬妮和我往回家的路上走去。

街上黑暗而空曠，大部分的人家已經熄燈了。遠處有一條狗在號叫。

史蒂芬妮和我頂著強風快步走著，我們通常不會在外面待到這麼晚。

明天晚上，我們會更晚才回家。

「我不信任那傢伙，」當我們走到史蒂芬妮家前院時，我對她說：「他太古

怪了。」

我以為她會贊同我的話，沒想到她竟然說：「你只是在嫉妒，杜恩。」

「什麼？我？嫉妒？」我不敢相信她會這麼說。「我幹嘛要嫉妒？」

「因為賽斯很勇敢，因為他見過眞的鬼魂，而我們卻沒有。」

我搖搖頭說：「妳眞的相信那個愚蠢的故事？有個老女鬼從樓梯扶手溜下來？我想那是他自己編的。」

「嗯，」史蒂芬妮若有所思的回答。「我們明天晚上就會知道答案了，對不對！」

「明天晚上」來得太快了。

那天下午我有個數學測驗，我想我考得不太好。我腦海中不停的想著賽斯、想著希爾之家，還有鬼魂，無法停止。

晚飯後，媽媽在客廳攔住我。她把我的頭髮拂到腦後，仔細看著我的臉。「你為什麼看起來這麼累？」她問道：「你的眼睛周圍有黑眼圈。」

這句英文怎麼說

你的眼睛周圍有黑眼圈。
You have dark circles around your eyes.

「也許我有浣熊的基因吧！」我回答。每次她說我有黑眼圈，我總是這麼對她說。

「我想你今天晚上應該早點上床。」爸爸插嘴說。爸爸總是覺得每個人都應該早早上床。

所以我九點半就回房間了。但是我當然沒去睡覺。

我在房裡邊看書邊用隨身聽聽音樂，等爸爸媽媽上床睡覺。我隨時注意著時鐘。

爸爸媽媽睡覺睡得很沉，就算你重重的敲他們臥房的門，他們也不會醒來。有一次颱暴風雨，他們從頭到尾都沒有醒來。這是眞的。他們連樹倒下來砸在我家屋頂上都沒聽見。

史蒂芬妮的爸媽也睡得很沉。這就是爲什麼我們兩個能夠那麼容易從臥室窗戶溜出家門、爲什麼我們晚上能在附近街坊裝神弄鬼。

逐漸接近午夜了，我眞希望我們今天還是跟往常一樣出去嚇唬附近的孩子。

我希望我們是要躲到克莉絲·賈克伯的窗戶底下學狼叫，再跑到班·傅勒的床邊丟橡皮蜘蛛。

但是史蒂芬妮覺得這太無聊了。

我們需要刺激，我們要去鬼屋探險。跟一個我們以前從未見過的奇怪男孩。

離十二點還有十分鐘時，我披上我的羽絨外套，爬出臥室的窗口。又是一個寒冷多風的夜晚。我感覺到幾滴冷雨打在我的額頭上，於是我拉上了兜帽。

史蒂芬妮在她家車道盡頭等我。她把棕色的頭髮在腦後紮了個馬尾，外套敞開著，底下穿著一件厚厚的滑雪毛衣，罩在牛仔褲上。

她抬起頭來，發出一聲鬼怪似的號叫：「嗷——！」

我用手捂住她張大的嘴。「妳會把整條街的人都吵醒的！」

她大笑著從我身邊退開。「我有點興奮，你呢？」她又張開嘴巴，號叫了起來。

冰冷的雨啪答啪答的打在地上，我們快步往希爾之家走去。當我們走著走著，旋動的夜風把小樹枝和枯葉吹得四散紛飛。大部分的人家都已經熄燈了。

當我們轉上希爾街時，一輛汽車從旁邊緩慢駛過。史蒂芬妮和我趕緊蹲伏在

這句英文怎麼說

我用手捂住她張大的嘴。
I clapped my hand over her open mouth.

籬笆後面。如果駕駛看見了我們，也許會納悶這兩個小孩爲什麼半夜三更會在惠勒弗斯遊蕩。

我也很納悶。

我們等那輛車離去，然後繼續上路。

當我們爬上通往那棟老屋的小山丘時，我們的球鞋在堅硬的地面上吱嘎作響。希爾之家在我們上方聳立著，就像一隻沉默的怪獸，等著要吞噬我們。

最後一輪的導覽已經結束，燈光也都熄了。奧圖、艾達娜和其他的導遊現在也許全都回家了。

「快來，杜恩。快點！」史蒂芬妮催促著。她跑了起來，繞過屋子的側邊。「賽斯可能已經在等我們了。」

「等等我！」我喊道。我們沿著一條狹窄的泥巴路跑到了屋子後面。

這裡一片漆黑，我瞇著眼睛到處張望，想要找到賽斯。但是連個影子也沒有。

後院裡散亂的擺著各種各樣的器具。一排生鏽的金屬垃圾桶沿著一面牆立著，形成了一道籬笆。一個長長的木梯橫陳在高高的雜草裡。木箱、木桶還有紙箱到處散落著，一架手推式割草機斜靠在屋子邊上。

「這兒……這兒比前面暗多了，」史蒂芬妮結結巴巴的說：「你看見賽斯了嗎？」

「我什麼也看不見，」我低聲回答，「也許他改變主意了。也許他不來了。」

史蒂芬妮正要開口回答，但是屋子側邊傳來一聲哽塞的叫喊，嚇得我們兩個都跳了起來。

我轉過身來，看見賽斯搖搖晃晃的走進我們的視線。

他的金髮亂七八糟，在臉上飄飛著。他的眼睛瞪得老大，兩手緊抓著喉嚨。

「那鬼魂！」他喊道，一邊跌跌撞撞的走了過來。「那鬼魂……他……他逮到我了！」

接著賽斯便倒在我們腳下，一動也不動了。

這句英文怎麼說

做得好，賽斯。
Nice try, Seth.

22.

「做得好，賽斯。」我平靜的說。

「跌得很漂亮。」史蒂芬妮也加上一句。

他慢慢抬起頭來凝視著我們。「你們沒上當嗎？」

「門都沒有。」我回答。

史蒂芬妮翻翻白眼。「眞是一流的唬人把戲啊，」她對賽斯說：「這招杜恩和我玩過一千遍了。」

賽斯爬了起來，拍拍他黑色套頭上衣的前襟。他皺起眉頭，洩氣的說：「我只是想稍微嚇唬你們一下。」

「你得使出更好的招數才行。」我對他說。

「杜恩和我是嚇唬人的專家，」史蒂芬妮又說：「那算是我們的嗜好。」

賽斯用雙手理著頭髮。「你們兩個眞是古怪。」他喃喃說道。

我抹去眉毛上冰冷的雨滴。「我們可以進屋裡去了嗎？」我不耐煩的問。

賽斯領著我們走向屋子另一頭的那道窄門。「你們溜出來的時候有遇上麻煩嗎？」他低聲問道。

「沒有。什麼麻煩也沒有。」史蒂芬妮對他說。

「我也是。」他回答道。他走到門前，打開門上的木閂。「我今天晚上又參加導覽團了，」他耳語道：「奧圖給我看了一些新東西，我們可以去一些新的房間探險。」

「太棒了！」史蒂芬妮喊道：「你保證我們會看見眞的鬼嗎？」

賽斯轉頭向她，一抹奇異的微笑從他臉上閃過。「我保證。」他說。

這句英文怎麼說

奧圖給我看了一些新東西。
Otto showed me some new things.

23.

賽斯拉拉那扇門，門吱嘎一聲開了。

我們悄悄溜進去，進入全然的黑暗中。伸手不見五指，不知自己身在何處。

我往屋裡踏了幾步——然後撞在賽斯身上。

「噓——」他告誡我：「守夜人曼尼駐守在前面的屋子裡，他可能已經睡著了，但是我們最好還是待在後頭。」

「我們是在哪兒？」我低聲問道。

「在後邊的一間房間裡，」賽斯耳語道：「等個幾秒鐘，我們的眼睛就會適應了。」

「不能開燈嗎？」我問。

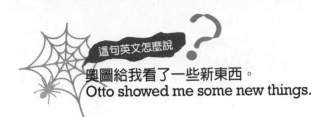

「開了燈鬼就不會出來了。」賽斯回答。

我們已經把身後的門關上了，但是仍然有股冷風吹在我的背上。

我打了個冷顫。

一陣輕微的咯咯聲，嚇得我一口氣梗在喉嚨裡。

我開始聽見鬼怪的聲音了嗎？

我拉下兜帽，好聽得清楚些。

現在一片寂靜。

「我想我知道在哪兒可以找到蠟燭，」賽斯低聲說：「你們兩個在這兒等著，不要走動。」

「別……別擔心。」我結結巴巴的說。除非我看得見東西了，否則我哪兒也不打算去。

我聽見賽斯走開了，他盡可能保持安靜，腳步在地板上發出輕輕的摩擦聲。

接著他的腳步聲漸漸變弱，然後一片寂靜。

之後我又感覺一陣冷風吹在我的後頸上。

這句英文怎麼說

我想我知道在哪兒可以找到蠟燭。
I think I know where I can find some candles.

「噢！」當我再次聽見那種咯咯聲時，我不禁喊了出來。

那是一種微弱的咯咯聲，就像骨骼碰撞的聲音。

又是一陣冷風襲來，我心想，那是鬼魂冰冷的呼吸。一股冷流滑下我的脊背，我渾身開始顫抖起來。

我又聽見那骨頭的嘎嘎聲。更響了。那是一種快速的碰撞聲，非常靠近。

我在一片黑暗中伸出手去，想要去抓牆壁或桌子，或是任何東西。

但是我只抓到空氣。

我用力嚥著口水。冷靜下來，杜恩，我命令我自己。賽斯不一會兒就會帶著蠟燭回來了，然後你就會知道什麼事也沒有。

但是又是一陣刺耳的噪音，那骨骼的嘎嘎聲嚇得我倒抽一口氣。

「史蒂芬妮——妳聽見了嗎？」我低聲說道。

沒有回答。

一陣冷風吹得我後頸微微刺痛。

那骨頭又開始響了起來。

「史蒂芬妮？妳聽見那怪聲了嗎？史蒂芬妮？」

沒有回答。

「史蒂芬妮？史蒂芬妮？」我喊道。

她不見了。

這句英文怎麼說

我的呼吸變得又短又急促。
My breaths came short and fast.

24.

驚魂時刻。

我的呼吸變得又短又急促。我的心臟怦怦作響，比那死人骨頭的嘎嘎聲還要響。我開始渾身抖個不停。

「史蒂芬妮？史蒂芬妮？妳在哪兒？」我虛弱的擠出這幾句話。

然後我看見兩隻黃色的眼睛朝我移動。兩隻閃閃發亮的眼睛，靜靜的飄浮著，閃著邪惡的微光。越來越近，越來越近。

我僵在那兒。

我無法動彈。除了那兩隻閃著微光的黃眼睛之外，我什麼也看不見。

「噢！」眼看著它們越飄越近，我不禁呻吟了一聲。接著我能夠看得比較清

楚了，原來它們是燭火。

兩支燭火，一左一右的移動著。

在那微弱的黃色燭光下，我看見了賽斯的臉，還有史蒂芬妮的。他們手上各拿著一支點燃的蠟燭，舉在身前。

「史蒂芬妮——妳上哪兒去了？」我啞著聲音低聲喊道：「我……我還以爲……」

「我跟賽斯一起去拿蠟燭了。」她平靜的回答。

她手中的蠟燭所發出的橘色光芒照在我身上，我猜史蒂芬妮可以看見我是多麼驚恐。

「我很抱歉，杜恩。」她輕聲說道：「我說了我跟賽斯一塊去，我以爲你聽見了。」

「有……有東西在嘎嘎作響，」我結結巴巴的說：「我猜是骨頭。我一直感覺到冷風，而且我一直聽見……」

賽斯遞給我一支蠟燭。「點亮，」他吩咐我。「我們四處看看，看是什麼東

這句英文怎麼說

賽斯遞給我一支蠟燭。
Seth handed me a candle.

西在響。」

我接過蠟燭，把燭芯湊到他的蠟燭上。但是我的手抖得太厲害了，試了五次才點著。終於，蠟燭亮了。

我就著那閃爍的橘色燭光四處張望著。

「嘿——我們是在廚房裡耶！」史蒂芬妮低聲說。

一陣冷風從我身上吹過。「你們感覺到了嗎？」我喊道。

賽斯用他的燭火指了指廚房的窗戶。「你看，杜恩，那片窗玻璃脫落了。冷風是從那個洞吹進來的。」

「哦，是噢。」

又是一陣風吹過。然後是那個嘎嘎聲。

「你們聽見了嗎？」我問。

史蒂芬妮咯咯笑了起來。她指著廚房的牆壁，在幽暗的光線中，我看見大大小小的鍋子掛在牆上。「是風把它們吹響的。」史蒂芬妮解釋道。

「哈，哈。」我發出幾聲虛弱的笑聲。「我早就知道啦，我是想嚇嚇你們。」

我騙他們：「讓你們緊張一下。」

我覺得自己像個大白癡，但是我爲什麼要承認我幾乎被一堆鍋子嚇個半死？

「好啦，別再開玩笑了。」史蒂芬妮轉向賽斯，說道：「我們要看眞正的鬼。」

「跟我來，我要給你們看個東西，是奧圖告訴我的。」賽斯低聲說道。

他把蠟燭舉在前面，帶著我們橫越廚房，來到爐子旁邊的那道牆邊。他放低蠟燭，把它舉在一個廚櫃門前，接著他拉開櫃門，把蠟燭移近，好讓我們能夠看見裡面。

「你給我們看個廚櫃幹嘛？」我問道：「這有什麼嚇人的？」

「這不是廚櫃，」賽斯回答：「這是個送餐用的升降機，你們看。」他將手伸進去，拉拉櫥架旁邊的一條繩子，櫥架開始往上升。

他把櫥架拉了上去，然後又降下來。「瞧見了嗎？這升降機就像個小型的電梯。它以前是用來把食物從廚房送到樓上主人臥室的。」

「你說是用來送宵夜的嗎？」我打趣的說。

賽斯點點頭。「廚師會把食物放在架子上，然後拉拉繩子，這玩意就會把食

這句英文怎麼說

這升降機就像個小型的電梯。
This dumbwaiter is like a little elevator.

物送到樓上去。」

「眞是驚險刺激呀！」我嘲諷的說。

「是呀，你給我們看這玩意兒做什麼？」史蒂芬妮也追問。

賽斯把蠟燭湊近自己的臉。「奧圖告訴我說，這個升降機裡有鬼。一百二十年前，這玩意兒突然開始出現奇怪的事。」

史蒂芬妮和我移近了些。我把蠟燭放低，仔細檢視那個升降機。「什麼奇怪的事？」我問。

「嗯，」賽斯輕聲說道：「廚師把食物放在架子上，把它送上樓去。但是當這升降機到達上頭的臥室時，食物卻不見了。」

史蒂芬妮瞇起眼睛，盯著賽斯。「食物在一樓和二樓之間消失不見了嗎？」

賽斯嚴肅的點點頭。他灰色的眸子在微弱的燭光下發出灼熱的光芒。「這一連發生了好幾次。當升降機到達二樓時，上頭都是空的，食物都不見了。」

「哇……」我喃喃的說。

「那廚師感到很害怕，」賽斯繼續說道：「他怕這個升降機裡頭有鬼。他決定再也不要用它了，並且命令廚房裡所有的員工也不可以再使用它。」

「故事就這樣結束了嗎？」我問。

賽斯搖搖頭。「接著，可怕的事情發生了。」

史蒂芬妮張大了嘴巴。「什麼？什麼可怕的事？」

「幾個孩子到這裡來作客，其中有個男孩叫做傑瑞米。傑瑞米很活潑好動，而且很愛現。他看見這架升降機時，他心想，如果他坐進去，把自己載到二樓，一定會很好玩。」

「哇。」史蒂芬妮喃喃的說。

我感到毛骨悚然，我想我能猜到接下來會發生什麼了。

「於是傑瑞米鑽進升降機裡，另一個孩子拉了繩索。突然間，繩子卡住了。那孩子沒法往上拉，也沒法讓它降下來。傑瑞米卡在兩層樓之間了。

「其他的孩子拚命喊他：『你沒事吧？』但是傑瑞米並沒有回答。他們非常著急，拉了又拉，扯了又扯，但是都沒辦法拉動那條繩子。

「接著，突然間，那升降機『砰』的掉了下來。」

這句英文怎麼說

奧圖發誓說這個故事是真的。
Otto swears the story is true.

「傑瑞米在裡面嗎？」我連忙問道。

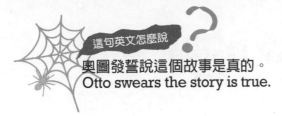

賽斯搖搖頭。「架子上有三只蓋著的碗。孩子們揭開第一只碗，裡頭是傑瑞米的心臟，還在怦怦跳動。

「他們又揭開第二只碗，裡頭是傑瑞米的眼珠，仍然驚恐的瞪視著；接著他們又揭開第三只碗，裡頭是傑瑞米的牙齒，仍在咯咯打顫。」

我們三個人靜靜的站在蠟燭橘色的光芒中，凝視著那架升降機。

我打了個寒顫。牆上的鍋子又在嘎嘎作響，但我已經不再害怕它們了。我抬起眼睛看著賽斯，問道：「你覺得這個故事是眞的嗎？」

史蒂芬妮笑了起來，是種神經質的笑聲。「這怎麼可能是眞的。」她說。

賽斯的臉色仍然很嚴肅，他悄聲的問我：「你相信奧圖說的所有故事嗎？」

「嗯，是啊。不，有的相信，有的不信。」我拿不定主意。

「奧圖發誓說這個故事是眞的，」賽斯篤定的說：「不過，當然，他可能只是在做他份內的工作，而他的職責就是讓這棟屋子越嚇人越好。」

「奧圖是個說故事的高手，」史蒂芬妮喃喃的說：「但是我們聽夠故事了，我想看看眞的鬼。」

「跟我來。」賽斯回答。當他快速轉身時，他手上的燭火往下沉了沉。

他領著我們循原路走過廚房，進入後面一間狹長的房間。「這是以前管家的儲藏室，」他說：「這屋子裡所有的食物都儲存在這兒。」

史蒂芬妮和我走過賽斯身旁，舉起蠟燭好把這間房間看得清楚些。當我轉過身，賽斯正在我們身後關上儲藏室的門。

我看見他鎖上了門。

「嘿——你在做什麼？」我喊道。

「你爲什麼把我們鎖在裡頭？」史蒂芬妮質問他。

這句英文怎麼說

你為什麼把我們鎖在裡頭？
Why are you locking us in here?

25.

我的蠟燭掉落在地，在堅硬的地板上彈跳了幾下。燭火熄了，蠟燭滾到櫃子底下。

當我抬起頭來，我看見史蒂芬妮正衝向賽斯。

「賽斯——你在做什麼？」史蒂芬妮憤怒的質問他。「打開門鎖。這一點也不好玩！」

我環顧這間又長又窄的房間。三面牆從地板到天花板全都是架子，沒有窗戶，也沒有其他的門可以逃跑。

史蒂芬妮尖叫一聲，搶上前去要抓住門把，但是賽斯很快的擋住了她的路。

「嘿——！」我喊道，心臟怦怦直跳。我往前幾步，站在史蒂芬妮身邊。「你

到底在搞什麼鬼，賽斯？」

在燭火後面，他銀灰色的眸子閃著興奮的光芒。他回瞪著我們，一言不發。正是前一天晚上我在他臉上看見的那種冰冷的眼光。

史蒂芬妮和我後退一步，緊緊靠在一起。

「抱歉，兩位。我對你們耍了個小小的詭計。」他終於開口說話了。

「你說什麼？」史蒂芬妮喊道，聲音裡憤怒多過恐懼。

「什麼詭計？」我問。

他用空著的那隻手把金色的長髮往後一掠，閃爍的燭火投射出的陰影在他的臉上跳動。「我的名字不叫賽斯。」他輕輕的說。他的聲音輕柔到我幾乎快聽不見了。

「但是……但是……」我結結巴巴的說。

「我的名字是安德魯。」他說。

史蒂芬妮和我同時失聲驚叫。

「那個鬼也叫安德魯，」史蒂芬妮說：「那個掉了頭的鬼。」

這句英文怎麼說

我們不會告訴任何人我們見過你。
We won't tell anyone we saw you.

「我就是那個鬼。」他輕聲說道，口中發出一聲乾笑，聽來更像是咳嗽的聲音。「我答應今晚讓你們看見眞的鬼。喏……我就在這兒囉。」

他吹熄了蠟燭，彷彿隨著光線一起消失了。

「但是，賽斯……」史蒂芬妮正要開口。

「安德魯，」他糾正她。「我的名字是安德魯。過去一百多年來，我一直都叫做安德魯。」

「放我們出去，」我懇求道：「我們不會告訴任何人我們見過你。我們不會……」

「我不能放你們走。」他用耳語般的聲音回答。

我想起那個船長鬼魂的故事。當安德魯闖進船長的房間看見那個老鬼魂時，那鬼也對他說過同樣的話。

「既然你看見了我，我就不能放你走。」

「你……你應該是沒有頭的！」我衝口而出。

「所以你不可能是安德魯！」史蒂芬妮喊道：「你有頭！」

在史蒂芬妮手上的蠟燭所發出的幽暗光線下，我可以看見安德魯臉上閃過一抹輕蔑的冷笑。「不，」他輕聲說道：「不，不，不。我沒有頭，這顆頭是借來的。」

他舉起雙手，扶著臉頰兩邊。「看，我讓你們瞧瞧。」他說。

他用雙手按著臉頰，開始把頭從黑色上衣的領口往上拉。

這句英文怎麼說

你為什麼要對我們使詐？
Why did you trick us?

26.

「不！住手！」史蒂芬妮放聲尖叫。

我閉上眼睛。我並不真的想看他把頭摘下來。

當我張開眼睛時，安德魯已經把手放下來了。

我再次環顧狹窄的儲藏室。我們怎麼樣才能逃走？我們怎麼樣才能出去？

那鬼把唯一的出路給堵住了。

「你爲什麼要對我們使詐？」史蒂芬妮質問安德魯：「你爲什麼把我們帶到這兒？你爲什麼要騙我們？」

安德魯嘆了一口氣。「我告訴過你們，我這顆頭是借來的。」他用一隻手滑過頭髮，然後又滑下臉頰，好像在撫摸它似的。「這是我借來的，但是我得

歸還它。」

史蒂芬妮和我靜靜的瞪著他，等他繼續說下去。等他解釋這一切。

「我昨晚在參觀的人群中看見你們。」他終於又開口了，眼睛直盯著我。「其他人都無法看見我，但是我讓你們能夠看得見我。」

「為什麼？」我用顫抖的聲音問道。

「因為你的頭，」他回答：「我喜歡你的頭。」

「什麼？」我的喉嚨發出一聲驚恐的喘息。

他又摸摸頭上的金髮。「我得歸還這顆頭，杜恩，」他平靜而冷淡的說：「所以我得拿走你的。」

27.

驚恐之餘，我的喉嚨居然發出咯咯的笑聲。

爲什麼人在害怕的時候會突然發笑呢？我猜這是因爲如果你不笑，你就會尖叫、爆炸開來或什麼的。

被一個一百歲的老鬼魂堵在這間黑暗的小房間裡，而這個鬼還想要你的頭，我覺得很想同時大笑、尖叫、爆炸開來。

我在幽暗的光線中瞇著眼睛，凝視著安德魯。「你是在開玩笑，是不是？」

他搖搖頭，銀灰色的眼睛瞇了起來，眼神冷酷而漠然。「我需要你的頭，杜恩，」他輕聲說道。他聳了聳肩，像是表示歉意似的。「我會很快的把它摘下來，一點也不疼的。」

這句英文怎麼說

其他人都無法看見我。
The others couldn't see me.

「但是——但是我也需要它呀！」我氣急敗壞的說。

「我只是借用一下，」安德魯說著往我們踏近了一步。「當我找到自己的頭時，我就會還你。我保證。」

「這並不會讓我開心起來。」我回答道。

他又朝我們踏近了一步。

史蒂芬妮和我向後退了一步。

他再踏近一步，我們又退了一步。

我們快要退無可退了。我們幾乎已經要靠上後面牆上的櫥架了。

史蒂芬妮突然開口。「安德魯，我們會幫你找到你的頭！」她提議道。她的聲音在顫抖。

我轉頭看著她。我從來沒看見她害怕過。知道史蒂芬妮也在害怕，讓我甚至更加恐懼了。

「一定！」我啞著聲音說道：「我們會幫你找到你自己的頭。我們會整晚到處找。我們對這棟屋子瞭若指掌，如果你給我們機會，我確定我們一定能夠找到

這句英文怎麼說

我們快要退無可退了。

We didn't have much more room to back up.

它的。」

他一言不發，瞪視著我們。

我想要跪下來求他給我們一個機會。

但是我害怕如果我跪了下來，他就會摘掉我的頭。

「我們會找到它的，安德魯。我知道我們會的。」史蒂芬妮堅定的說。

他搖了搖頭──那顆借來的頭。「不可能。」他悲哀的說：「我在這棟屋子裡找了多久了？超過一百年了。這一百多年來，我找遍了每一條走廊、每一間房間，還有每一個櫥櫃。」

他又往前踏近一步，眼睛緊緊盯著我的頭。我知道他在研究它，想像它安在他肩膀上會是什麼樣子。

「這麼些年來，我都沒能找到我的頭，」安德魯繼續說道：「那麼，你們憑什麼覺得你們今晚就能找到它呢？」

「嗯……啊……」史蒂芬妮轉頭看著我。

「嗯……也許今晚我們運氣好！」我說。

蹩腳。你還能想出更蹩腳的理由嗎？

「抱歉，」安德魯喃喃的說：「我需要你的頭，杜恩。我們是在浪費時間。」

「給我們一個機會！」我喊道。

他又往前踏上一步。現在他在研究我的頭髮了，他也許是在考慮要不要把它留長。

「安德魯——求求你！」我哀求道。

沒有用。現在他的眼神變得呆滯，伸出雙手，往前又踏上一步。

史蒂芬妮和我往後退。

「把你的頭給我，杜恩。」那鬼魂低聲說道。

我的脊背撞上身後牆上的架子。

「我需要你的頭，杜恩。」

史蒂芬妮和我擠成一團，背部緊緊壓著牆上的架子。

那鬼魂又飄近了些，兩手往前伸。

我們往架子上貼得更緊了。我的手肘撞到了什麼硬物，我聽見什麼沉重的東

這句英文怎麼說

你還能想出更蹩腳的理由嗎？
How lame can you get?

西從架子上掉落下來。

「我要你的頭，杜恩。」

他捏捏手掌，又鬆了開來。再往前踏兩步，他就能抓到我了。

「你的頭。把你的頭給我。」

我把脊背往架子上擠去。

我聽見一陣吱嘎吱嘎的聲音——那架子開始滑動了！

我往後踉蹌的踏了一步，然後我意識到原來整面牆壁都在滑動。

「怎……怎麼回事？」我結結巴巴的說。

那鬼伸手抓我的頭。「逮到你了！」

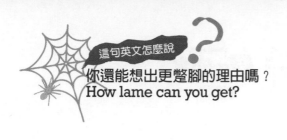

28.

那鬼魂雙手前伸，朝我跳了過來。

我快速伏低——背後的牆壁滑了開來，我往後跌撞了幾步。

牆壁慢慢的旋轉著，發出刺耳的吱嘎聲。

史蒂芬妮跌坐在硬梆梆的地板上。

安德魯再度往我頭上抓來，我趕緊把史蒂芬妮拉了起來。

「是條通道！」我喊道，聲音蓋過牆壁的吱嘎聲。

當牆壁旋轉開來，後面露出一個黑漆漆的開口，大小剛好能讓人擠進去。

我把史蒂芬妮拉向那個開口——我們擠了進去。

我發現我們身處一個長長的、低矮的通道中，它像是某種隧道，隱藏在那

扇會滑動的門後面。

我常常聽說老房子裡會有祕密的通道或房間，我從沒想到我會這麼高興發現這樣一個通道！

史蒂芬妮和我拔腿便跑，我們的腳步聲在水泥地板上發出響亮的回聲。

我們跑過兩道光禿禿的水泥牆，牆面因爲時間久遠而斑駁龜裂了。我們得彎著身子往前跑，因爲天花板比我們還矮！

史蒂芬妮放慢速度回頭看。「他追來了嗎？」

「繼續跑就是了！」我喊道：「這條通道一定得帶我們離開這兒！離開這棟屋子！一定得要！」

「我看不見它通往哪兒！」她上氣不接下氣的說。

這條低矮的通道成一直線延伸著，隧道的底端除了漆黑一片，什麼也看不見。

它會永遠這樣延伸下去嗎？

如果眞的是這樣，我就會永遠跑下去。除非我平安出了屋子，否則我不打算

這句英文怎麼說

大小剛好能讓人擠進去。
Just big enough to squeeze through.

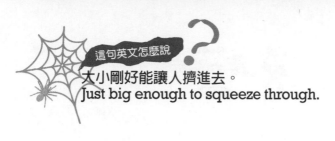

停下腳步。

一旦我出去了，我打算永遠都不要再到希爾之家來了，我要跟鬼魂離得遠遠的，好讓我的頭好好待在肩膀上。

偉大的計劃。

但是計劃並不總是能實現。

「哇！」史蒂芬妮和我同時喊了出來，我們差點撞上一堵硬實的水泥牆。

隧道到此爲止。就到這裡了。

「它……它沒有通到任何地方！」我倒抽了一口氣說。我重重喘著氣，兩隻拳頭用力搥著牆壁。「誰會建造一條沒有出路的祕密通道？」

「用力推牆壁，」史蒂芬妮喊道：「我們兩個一起推，也許這牆會滑開。」

我們轉身向後，用肩膀頂著牆壁，用力往後推，推了又推。我呻吟著、喘息著，使盡吃奶的力氣往後推。

當我聽見擦擦的腳步聲沿著通道向我們接近時，我仍然不停的推著。

是安德魯！

這句英文怎麼說

誰會建造一條沒有出路的祕密通道？
Who would build a secret tunnel that leads nowhere?

「快推！」史蒂芬妮大喊。

我們用全身的力氣推著牆壁。

「快點——動呀！快動呀！」我命令那道牆壁。

我回頭一望，看見了安德魯。他正慢慢的、從容的向我們跑來。

「我們被困住了。」史蒂芬妮嗚咽著說。她嘆了一口氣，癱貼在牆上。

安德魯越跑越近，越跑越近。

「杜恩——我要你的頭！」他喊道，聲音在水泥牆上迴盪著。

「我們被困住了。」史蒂芬妮喃喃的說。

「或許未必。」我的聲音梗在喉嚨裡，我指著一個黑暗的角落。「妳瞧，那裡有道梯子。」

「啊？」史蒂芬妮跳了起來，瞇著眼睛往梯子瞧去。那是一道金屬梯子，踏板上覆蓋著灰塵。它架在牆上，往上延伸，穿過低矮的天花板上一個小小的方形開口。

它會通往哪兒呢？

「把你的頭給我！」那鬼魂喊道。

我抓住金屬梯子兩邊，踩上第一級踏板，往上方望去。

只見眼前一片漆黑，什麼也看不見。

「杜恩，」史蒂芬妮低聲說：「我們不知道它通往哪裡！」

「不管了，」我一邊回答，一邊開始往上爬。「我們沒有別的選擇，不是嗎？」

這句英文怎麼說

我們沒有別的選擇，不是嗎？
We don't have a choice-do we?

29.

「你要上哪兒去，杜恩？我需要你的頭！」

我不理會那鬼魂的叫喚，手忙腳亂的爬上梯子。史蒂芬妮一直從後頭撞上我。我的球鞋踩著厚重的灰塵，好不滑溜，雙手也握不穩冰冷的金屬扶手。

「杜恩——你跑不掉的！」安德魯在下面喊著。

往上爬，沿著梯子往上爬。史蒂芬妮和我吁吁直喘，發狂似的往上爬，竭盡全速往上爬。

往上爬，直到那梯子開始傾斜。

「不——！」當它開始向前倒去時，我尖聲叫了起來。

一陣隆隆的碎裂聲淹沒了我的尖叫。

我花了好幾秒鐘才意識到牆壁正在坍塌，崩塌成粉末飛揚的碎片。

而我們正往下摔落。

我聽見史蒂芬妮在尖叫。

我雙手緊握金屬扶手——緊緊的握住。

但那梯子也在往下滑，墜落在粉碎朽壞的老牆上。

「哇！」我重重的摔在地上。彈跳了一下、兩下。

當我從梯子上被震落下來時，我的雙手往上揮出。我肚皮朝下滾落在地，在牆壁崩落的泥塵碎塊中翻滾。

史蒂芬妮則是膝蓋著地。她甩甩頭，神態恍惚。

牆壁的碎塊掉落在我們四周。史蒂芬妮的頭髮上全是塵土。

我擋住眼睛，等待牆壁停止崩塌。

當我張開眼睛時，安德魯正站在我上方。他雙手握拳，嘴巴大張，正盯著……盯著我後面。

我掙扎著站了起來，轉身看他在瞪著什麼。

「有間密室！」史蒂芬妮飛奔到我身邊，喊道：「牆壁後面有個房間。」

我跌跌撞撞的踩過破碎的水泥塊，上前幾步，走近那個房間。

我知道安德魯在盯著什麼了。

一顆頭，一顆男孩的頭躺在密室的地板上。

「我真不敢相信！」史蒂芬妮倒抽了一口氣。「我們找到了！我們真的找到了！」

我用力嚥著口水，小心的上前一步。

那顆頭顱顏色灰白，即使是在幽暗的光線中，還閃著白色的微光。

我可以清楚的看出那是顆男孩子的頭。但是那長長的卷髮已經變成白色了。圓圓的眼珠閃著綠光，在發出微光的蒼白臉上，像兩顆綠寶石般閃閃發亮。

「是那鬼魂的頭。」我喃喃的說。

我回頭轉向安德魯。「你的頭——我們幫你找到了。」

我期待會在他臉上看見微笑。我期待他會高興得大叫大跳。

一百多年來，他都在等待這快樂的一刻。現在，他漫長的搜尋結束了。

這句英文怎麼說

他漫長的搜尋結束了。
His long search was over.

但是令我訝異的是，安德魯的臉竟然恐懼的扭曲著。

他甚至沒有在看他失落已久的那顆頭，反而盯著頭的上方。他瞪著眼睛盯著那兒，開始渾身顫抖，口中發出驚恐的呼喊。

「安德魯——你怎麼了？」我問。

但是我想他並沒有聽見我說的話。

他一邊顫抖，一邊盯著天花板，兩手在身旁握緊拳頭。然後，慢慢的，他舉起一隻手，指著上方。「不——！」他呻吟道：「噢——！不——！」

我轉過身來，要看是什麼東西嚇著他了。

我及時轉過身，看見一個朦朧的身影從天花板上飄下來。

起先我以爲那是條薄薄的窗簾從上面落下來。

但是當它慢慢的、輕輕的捲落到地面時，我看見它原來有手臂，還有腿。

我可以看穿過它！我們四周的空氣突然變得冰冷。

「那……那是鬼！」史蒂芬妮抓住我的手臂，喊道。

這句英文怎麼說

我想他並沒有聽見我說的話。
I don't think he even heard me.

30.

那鬼魂輕輕的飄落，無聲無息的落在密室的地板上，雙臂張開，像是鳥兒展開翅膀一般。

當他抬起雙臂、站直身子時，史蒂芬妮和我同時倒抽了一口氣。

那鬼魂身材不高，非常纖瘦。他穿著蓬鬆的古式長褲和長袖襯衫，襯衫上有個高高高的領子。

高高的領子。

領子。

上面卻沒有頭。

那鬼魂沒有頭！

當他彎下身子時，我感到一陣寒氣吹襲過來。他全身像是薄紗做成似的，微微閃著銀光。他伸手向下，把那顆頭從地板上拾了起來。

他把那顆頭舉到他硬挺的高領上。

輕輕的把頭安在脖子上。

當那顆頭接觸到那鬼魂薄霧般朦朧的頸子時，那雙綠色的眼睛陡然亮了起來。他的雙頰抽動著，蒼白的眉毛上上下下的挑動。

接著他的嘴巴動了。

那鬼魂轉向我們——轉向史蒂芬妮和我，他的嘴唇動著，吐出一句無聲的：

「謝謝。」

接著他雙臂舉向空中——綠色的眼睛仍凝視著我們——開始往天空飄去。他無聲無息的往上飄去，比空氣還要輕盈。

我驚異萬分，目不轉睛的看著，心臟怦怦直跳，直到那鬼魂的身影消失在黑暗中。

接著史蒂芬妮和我同時轉向安德魯。我們剛剛看見了無頭鬼，看見了從一百

這句英文怎麼說

我們剛剛看見了無頭鬼。

We had just seen the headless ghost.

年前回來的男孩安德魯，我們看著他取回了他的頭。

但是那個宣稱自己是安德魯的男孩仍在這兒，他站在我們身邊，仍然在發著抖，眼睛大張著，瞪著那間密室，喉嚨還輕輕發出吞口水的聲音。

我瞇起眼睛瞪著他。

「如果你不是安德魯，」我開口說道：「如果你不是無頭鬼——那麼你是誰？」

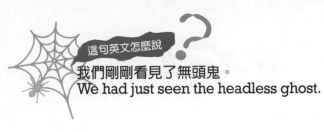

31.

史蒂芬妮也轉向那男孩。「對呀，你是誰？」她憤怒的問。

「如果你不是無頭鬼，那你爲什麼要追我們？」我質問他。

「嗯……我……啊……」那男孩舉起雙手，像投降一樣，然後他開始往後退。

他只退了三、四步，我們就聽到長長的通道裡傳來了腳步聲。

我轉身看著史蒂芬妮。又來了一個鬼嗎？

「是誰在裡頭？」一個低沉的聲音喊道。

我看見手電筒射出的光圈在通道地下掃過。

「是誰在這兒？」那聲音又問。

我認得那低沉的聲音。是奧圖！

這句英文怎麼說

我認得那低沉的聲音。
I recognized the deep voice.

「嗯……我在後面這兒。」那男孩輕輕喊道。

「賽斯……是你嗎？」那圈光線移近了些。奧圖出現在光圈後面，瞇著眼睛看我們。「這是怎麼回事？你們在後頭做什麼？屋子這一區是很危險的，隨時都會崩塌。」

「嗯……我們在探險。」賽斯開口說道：「但是我們迷路了。真的不是我們的錯。」

奧圖嚴厲的盯著賽斯，當他的手電筒掃過我和史蒂芬妮時，他頓時滿臉訝異。「是你們兩個！你們是怎麼進來的？你們在這兒做什麼？」

「他……呃……是他讓我們進來的。」我指著賽斯，回答道。

奧圖轉向賽斯，不高興的搖著頭。「又是你玩的把戲？你嚇過的孩子還不夠多嗎？」

「不是這樣的，奧圖叔叔。」賽斯眼睛盯著地上，回答道。

奧圖叔叔？所以賽斯是奧圖的姪子！

難怪他知道這麼多關於希爾之家的事。

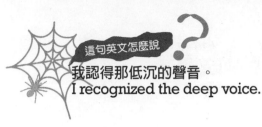

「說實話，賽斯，」奧圖追問：「你又在假扮鬼魂了嗎？被你捉弄過的孩子還不夠多嗎？被你嚇得半死的孩子還不夠多嗎？」

賽斯靜靜的站著。

奧圖一隻手搓了搓他光滑的禿頭，發出一聲疲憊的嘆息。「我們這兒要做生意呢，」他對賽斯說：「你想要把我們的客人全都嚇跑嗎？你要讓左鄰右舍全都雞飛狗跳嗎？」

賽斯低下了頭，仍然不作聲。

我看得出來他麻煩大了，於是決定幫他一把。「沒事的，奧圖，」我說：「他並沒有嚇唬我們。」

「對呀，」史蒂芬妮也附和道：「我們根本就不相信他是鬼，是不是，杜恩？」

「當然囉，」我回答：「他一分鐘也沒騙到我們。」

「尤其是當我們看到眞的鬼的時候。」史蒂芬妮又說。

奧圖轉向史蒂芬妮，在手電筒的光線下仔細看著她。「看到什麼？」

「看到眞的鬼！」史蒂芬妮篤定的說。

這句英文怎麼說

你又在假扮鬼魂了嗎？
Were you pretending to be a ghost again?

「我們看見眞的鬼了，奧圖叔叔！」賽斯喊道：「好驚人喲！」

奧圖翻翻白眼。「省省你的玩笑吧，賽斯。現在已經夜深了，你只是想要找個藉口脫身罷了。」

「不，是眞的！」我堅持說。

「是眞的！」賽斯和史蒂芬妮喊道。

「我們看見無頭鬼了，奧圖叔叔。你一定要相信我們！」賽斯懇求道。

「是呀，是呀。」奧圖低聲咕噥。他轉過身來，用手電筒打個手勢。「走吧，全都出去吧。」

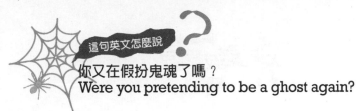

32.

經過希爾之家驚魂的一夜後，史蒂芬妮和我就再也不在附近裝神弄鬼了。

我們只是不再覺得那麼刺激了，尤其是在我們見過眞的鬼之後。

我們不再在夜晚偷溜出門，我們不再戴著嚇人的面具在孩子的窗口窺探，我們不再半夜躲在樹叢中學狼人號叫。

我們不再搞那些嚇人的把戲，我們甚至絕口不談鬼怪了。

史蒂芬妮和我各自找到了其他的興趣。我參加了籃球校隊的甄選，成了先發前鋒。

史蒂芬妮則加入了戲劇社。今年春天，她要在《綠野仙蹤》裡扮演桃樂絲。要不是演桃樂絲，就是演裡頭的一個小好人。

這句英文怎麼說？

我們不再在夜晚偷溜出門。
We stopped sneaking out at night.

我們度過了一個很棒的冬天。那年冬天下了很多雪，我們則有很多「不嚇人」的樂子。

然後，有一天晚上很晚的時候，我們參加完一個生日派對，正要回家。那是春天第一個溫暖的夜晚，我們經過一些人家的前院，裡頭的鬱金香已經開花，空氣中瀰漫著清新的甜味兒。

我在希爾之家前面停下腳步，抬頭凝望著這棟老宅。史蒂芬妮也在我身邊停下腳步，她讀出了我的心思。「你想要進去，是不是，杜恩？」

我點點頭。「要不要進去參觀？我們好久沒進來了，自從……」我拖長了聲音。

「好呀，有何不可？」史蒂芬妮回答。

我們爬上陡峭的山坡，當我往前門走去時，高高的雜草摩擦著我的牛仔褲腿。那棟巨大的老宅跟平時一樣黑暗而陰森。

當史蒂芬妮和我爬上前門的階梯時，那門吱嘎一聲開了，如同往常一樣。

我們踏進狹小的入口通道。幾秒鐘後，奧圖突然出現在我們眼前，全身穿著黑衣。他圓圓的禿頭上泛起一抹友善的微笑。

「是你們兩個！」他開心的喊道：「歡迎回來！」他朝前面屋裡喊著：「艾達娜，瞧瞧是誰來了。」

艾達娜搖搖晃晃的走了過來。「噢，我的老天！」她一手拍著生滿皺紋的蒼白臉龐，喊道：「我們還在想能不能再見到你們兩個呢！」

我往前廳裡瞧了瞧，沒有其他的客人。

「你能帶我們參觀嗎？」我問奧圖。

他露齒而笑。「當然。等等，我去拿我的燈籠。」

奧圖帶領我們繞了希爾之家一圈，給我們作了一次完整的導覽。能夠再次看看這棟房子眞的是很棒，但是對史蒂芬妮和我來說，它已經不再有任何祕密了。

參觀完畢之後，我們謝過奧圖，跟他道了晚安。

當我們走下半山腰時，一輛警車在路邊停了下來。前座一位穿著深色制服的警員把頭伸出車窗。「你們兩個孩子在山上做什麼？」

這句英文怎麼說

希爾之家三個月前結束營業了。
Hill House went out of business three months ago.

史蒂芬妮和我往警車走去，那兩名警員懷疑的看著我們。

「我們剛剛去參加導覽了。」我指著希爾之家，解釋道。

「導覽？什麼導覽？」那位警員粗聲粗氣的問道。

「你知道的，鬼屋導覽呀！」史蒂芬妮不耐煩的回答。

那警員把頭伸得更出來了些。他有雙藍色的眼睛，臉上滿是雀斑。「你們究竟在上頭做什麼？」他輕聲問道。

「我們告訴過你了，」我尖聲說道：「參加導覽呀。就這樣。」

駕駛座上的另一位警員咯咯笑了起來。「也許有個鬼魂爲他們導覽了。」他對他的夥伴說。

「沒有什麼導覽了，」那生著雀斑的警員皺皺眉，說道：「那棟屋子有好幾個月都不曾開放參觀了。」

史蒂芬妮和我同時驚訝的叫喊出來。

「那棟屋子是空著的，」那警員繼續說道：「關閉了。整個冬天都沒有半個人在裡頭。希爾之家三個月前結束營業了。」

「什麼？」史蒂芬妮和我吃驚的對望一眼，然後又同時往山上的屋子望去。

那灰色的石砌塔樓高高聳入紫黑色的天空，四周除了漆黑一片，空無一物。

接著我看見一縷柔和的燈光飄過前窗。

燈籠的光。是橘色的，像煙霧一般輕柔。

在那柔和的燈光中，我看見奧圖和艾達娜。

他們飄浮在窗前，我可以看穿他們，他們彷彿是薄紗做的一般。

我凝視著那煙霧般的輕柔燈光，心中明白了，他們也是鬼。

我眨眨眼睛，那燈光就漸漸消失了。

我們是在去年萬聖節起了這個念頭的。
We got the idea last Halloween.

她總會想出非常驚人的點子。
She comes up with something awesome.

我爸爸連看都不想看我一眼。
My dad didn't want to look at me.

你真的把他們給嚇壞了。
You really scared them.

很多城鎮都有鬼屋。
A lot of towns have a haunted house.

我們就是喜歡這種地方。
It's the kind of place we love.

她再也不想看到它了。
She never wanted to see it again.

你知道接下來發生了什麼事嗎？
Do you know what happened next?

希爾之家真是好玩極了。
Hill House is such awesome fun.

惠勒弗斯最恐怖的地方是哪裡？
What's the scariest place in Wheeler Falls?

你現在是想嚇唬我嗎？
Are you trying to haunt me now?

一股寒氣滑過我的脊背。
A chill ran down my back.

我已經讀過這段標示一百遍了。
I'd read that sign a hundred times.

你們兩個今天這麼晚還在外頭呀？
You two are out late tonight, huh?

每個人都全神貫注的看著他。

He had everyone's complete attention.

我們全都靜靜的望著他。

We all watched him in silence.

史蒂芬妮和我熟知他的每一個動作。

Stephanie and I know his every move.

她已經快步走下長廊了。

She was already hurrying down the hall.

他們搞不清楚它是什麼。

They couldn't figure out what it was.

我反推她一把。

I shoved her back.

他所有的東西都還擺在這裡。

It still had all his old stuff in it.

枕頭套裡並沒有藏著東西。

Nothing hidden inside the pillow cases.

我吁了一口氣。

A sigh escaped my lips.

我是頭一個移動腳步的人。

I was the first to move.

上頭只有兩個洞。

It only has two holes.

在我領先的時候，我可不想叫停。

I didn't want to quit while I was ahead.

我瞇著眼睛往黑暗的長廊望去。

I squinted down a long, dark hallway.

這層樓的房間全都是相通的。

The rooms up here are all connected.

一股寒氣讓我的後頸僵硬起來。
A cold chill froze the back of my neck.

也許那些房間是給工作人員住的。
Maybe these rooms are used by the workers.

我揮打著我的臉，還有頭髮。
I swiped at my face. My hair.

她以為她被幽靈抓住了。
She thought she'd been grabbed by a ghost.

門是關著的。
The door was closed.

他們在聊天說笑。
They were laughing and talking.

我們轉過身，往門口衝去。
We spun around and bolted for the door.

我想我們是在兜圈子。
I think we're going in circles.

腳步聲越來越響。
The footsteps grew louder.

小心腳下，小朋友。
Watch your step, kids.

我不想跟她爭辯。
I didn't feel like arguing with her.

你聽見那低語聲了嗎？
Did you hear that whisper?

他眼睛仍然盯著自己的鞋子。
He kept his eyes down at his shoes.

最後一梯次的導覽結束了。
The last tour had ended.

- 屋子矗立在全然的黑暗中。
  The house stood in total darkness.
- 大部分的人家已經熄燈了。
  Most of the house lights were out.
- 你的眼睛周圍有黑眼圈。
  You have dark circles around your eyes.
- 我用手捂住她張大的嘴。
  I clapped my hand over her open mouth.
- 做得好，賽斯。
  Nice try, Seth.
- 奧圖給我看了一些新東西。
  Otto showed me some new things.
- 我想我知道在哪兒可以找到蠟燭。
  I think I know where I can find some candles.
- 我的呼吸變得又短又急促。
  My breaths came short and fast.
- 賽斯遞給我一支蠟燭。
  Seth handed me a candle.
- 這升降機就像個小型的電梯。
  This dumbwaiter is like a little elevator.
- 奧圖發誓說這個故事是真的。
  Otto swears the story is true.
- 你為什麼把我們鎖在裡頭？
  Why are you locking us in here?
- 我們不會告訴任何人我們見過你。
  We won't tell anyone we saw you.
- 你為什麼要對我們使詐？
  Why did you trick us?

其他人都無法看見我。
The others couldn't see me.

我們快要退無可退了。
We didn't have much more room to back up.

你還能想出更蹩腳的理由嗎？
How lame can you get?

大小剛好能讓人擠進去。
Just big enough to squeeze through.

誰會建造一條沒有出路的祕密通道？
Who would build a secret tunnel that leads nowhere?

我們沒有別的選擇，不是嗎？
We don't have a choice-do we?

他漫長的搜尋結束了。
His long search was over.

我想他並沒有聽見我說的話。
I don't think he even heard me.

我們剛剛看見了無頭鬼。
We had just seen the headless ghost.

我認得那低沉的聲音。
I recognized the deep voice.

你又在假扮鬼魂了嗎？
Were you pretending to be a ghost again?

我們不再在夜晚偷溜出門。
We stopped sneaking out at night.

希爾之家三個月前結束營業了。
Hill House went out of business three months ago.

雞皮疙瘩系列 29

無頭鬼

原著書名——The Headless Ghost
原出版社——Scholastic Inc.
作　　者——R.L. 史坦恩（R.L.STINE）
譯　　者——孫梅君
責任編輯——劉枚瑛、何若文

國家圖書館出版品預行編目 (CIP) 資料

無頭鬼 / R. L. 史坦恩 (R. L. Stine) 著；孫梅君 譯.
-- 2 版. -- 臺北市：商周出版：家庭傳媒城邦分公司發行，
民 105.06 160 面；14.8 x 21 公分. -- (雞皮疙瘩系列 ;29)
譯自 :The Headless Ghost
ISBN 978-986-477-025-0(平裝)
874.59　　105007588

版　　權——翁靜如、吳亭儀
行銷業務——林彥伶、石一志
總 編 輯——何宜珍
總 經 理——彭之琬
發 行 人——何飛鵬
法律顧問——台英國際商務法律事務所 羅明通律師
出　　版——商周出版
臺北市中山區民生東路二段 141 號 9 樓
電話：(02) 2500-7008 傳真：(02) 2500-7759
E-mail：bwp.service @ cite.com.tw
發　　行——英屬蓋曼群島商家庭傳媒股份有限公司城邦分公司
臺北市中山區民生東路二段 141 號 2 樓
讀者服務專線：0800-020-299 24 小時傳真服務：(02)2517-0999
讀者服務信箱 E-mail：cs @ cite.com.tw
劃撥帳號——19833503 戶名：英屬蓋曼群島商家庭傳媒股份有限公司城邦分公司
訂購服務——書虫股份有限公司客服專線：(02)2500-7718；2500-7719
服務時間：週一至週五上午 09:30-12:00；下午 13:30-17:00
24 小時傳真專線：(02)2500-1990；2500-1991
劃撥帳號：19863813 戶名：書虫股份有限公司
E-mail：service@readingclub.com.tw
香港發行所——城邦（香港）出版集團有限公司
香港 灣仔 駱克道 193 號東超商業中心 1 樓
電話：(852) 2508-6231 傳真：(852) 2578-9337
馬新發行所——城邦（馬新）出版集團
Cité(M) Sdn. Bhd. 41, Jalan Radin Anum,
Bandar Baru Sri Petaling, 57000 Kuala Lumpur, Malaysia.
電話：(603)9057-8822 傳真：(603)9057-6622
商周出版部落格——http://bwp25007008.pixnet.net/blog
行政院新聞局北市業字第 913 號

美術設計——王秀惠
印　　刷——卡樂彩色製版有限公司
經 銷 商——聯合發行股份有限公司 新北市 231 新店區寶橋路 235 巷 6 弄 6 號 2 樓
電話：(02)2917-8022 傳真：(02)2911-0053

■ 2004 年（民 93）02 月初版
■ 2021 年（民 110）02 月 04 日 2 版 2 刷
■ 定價 / 199 元

ISBN 978-986-477-025-0

Printed in Taiwan
城邦讀書花園
www.cite.com.tw

Goosebumps®

Goosebumps®